Terrence Webster-Doyle

Im Labyrinth des Feuerdrachen

Terrence Webster-Doyle

Im Labyrinth des Feuerdrachen

Erzählungen der Meister der Leeren Hand

Ansata-Verlag
Rosenstraße 24
CH-3800 Interlaken
Schweiz
1994

Aus dem Amerikanischen von Wolfgang Höhn

Lektorat: Erich Wilzbach

Titel der Originalausgabe:
MAZE OF THE FIRE DRAGON
Tales of the Empty-Handed Masters
Originally published by Atrium Publications,
P. O. Box 816, Middlebury, VT 05753, USA

Deutsche Ausgabe:

Illustrationen: Rod Cameron
Satz: Jung Satzcentrum GmbH, Lahnau
Druck: Kösel GmbH & Co., Kempten/Allgäu
ISBN 3-7157-0181-1

Inhalt

Dieses Buch ist den Lehrern aller Kampfkunst-Stile und -Richtungen gewidmet. Es soll über jede einseitige Betrachtungsweise hinausgehen und den umfassenden Sinn aller Kampfkünste erschließen: nämlich Konflikte zu verstehen und auf friedliche Weise zu lösen. In den Kampfkünsten widmen wir uns dem Ziel, die nötigen Techniken und Fertigkeiten zum harmonischen Zusammenleben mit anderen Menschen zu entwickeln. Als Erziehern geht es uns darum, den Kindern unserer Welt dieses Wissen und Können zu vermitteln. Das ist eine der vordringlichsten Aufgaben, die uns gestellt sind.

Mein besonderer Dank gilt all denen, die in diesem Buch zitiert werden. Sie haben uns für einen lichten Augenblick die Wahrheit gezeigt.

Die Toren verwerfen, was sie sehen,
und nicht, was sie denken.
Die Weisen verwerfen, was sie denken,
und nicht, was sie sehen.

Huang Po

Liebe Schülerin, lieber Schüler,

in diesem Buch findet ihr Erzählungen von Meistern der Leeren Hand, von Lehrern der Kampfkunst, die es unternahmen, ihren Schülern das wahre Wesen der Kampfkunst zu vermitteln. Sie wußten, daß die Kampfkünste nicht nur die körperliche, sondern auch die geistige Entwicklung ihrer Schüler fördern und daß regelmäßiges Training einen entscheidenden Beitrag zu einem gesünderen und glücklicheren Leben leistet. Diese Meister der Leeren Hand (des waffenlosen Kampfes) vermittelten ihr Wissen in der Überzeugung, daß die Schüler genügend Selbstvertrauen und die Bereitwilligkeit, gewaltlos zu handeln, entwickeln werden. Sie haben immer wieder betont, wie wichtig es sei, Konflikte friedlich zu lösen und intelligent zu handeln, um nicht noch mehr Gewalt in einer so gewalttätigen Welt zu erzeugen. Es lag ihnen vor allem daran, die Kampfkünste als Weg zum Frieden zu erfahren und zu verstehen, und nicht, wie viele meinen, als Mittel zur Förderung der Gewalt.

Diese Geschichten werden euch erzählt, damit ihr verstehen könnt, was die Meister der Kampfkunst meinen, wenn sie sagen: «Die Kampfkünste fördern den Frieden und ein gesundes, glückliches Leben. Sie führen nicht zu Streit und Krieg.»

Vielleicht werdet ihr hart an euch arbeiten müssen, um den Sinn dieser Geschichten richtig zu begreifen. Diese Bemühung um ein tieferes Verständnis läßt sich vergleichen mit dem Üben einer schwierigen *kata.* Beides macht euch stärker. Und wenn ihr stärker seid, werdet ihr wahrscheinlich nicht so leicht in die Falle des Feuerdrachen geraten.

Ihr könnt es schaffen!

Ich habe diese ‹Erzählungen der Meister der Leeren Hand› aufgeschrieben, um die allen Kampfkunst-Stilen gemeinsamen Formen, Vorstellungen und Gefühle darzustellen. Da ich vom japanischen Karate herkomme, habe ich dabei bestimmte japanische Ausdrücke wie *gi, kata* und *kiai* [Erklärung siehe Seite 75] benutzt – nicht aus mangelnder Achtung vor den anderen Kampfkünsten, sondern einfach, weil mir diese Ausdrücke vertraut sind. Ihr werdet bemerken, daß diese Geschichten einen umfassenden Sinn haben und daher für alle, die Kampfkunst üben, ganz gleich welcher Art, von Bedeutung sind.

Ohne Erwartung wartend
Still ist der Geist
Offen und leer.

Das Rätsel

Einst machte sich ein junger Schüler auf den Weg, um die Kampfkünste zu studieren. Da gab es so viel zu lernen, daß er verwirrt wurde. Er besuchte viele Schulen und sprach mit vielen Lehrern. Der eine behauptete: «Dies ist der Weg, der *einzige* Weg!» Ein anderer sagte: «Dies ist der begehrte Pfad, der *wahre* Stil!» Und so ging er weiter und weiter . . . durch ein Labyrinth von Richtungen und Stilen, auf der Suche nach dem wahren Sinn der Kampfkünste.

An wen soll ich mich wenden? Wer sagt mir die Wahrheit? Was ist der wahre Sinn der Kampfkünste? Wie kann ich das herausfinden? Diese Fragen quälten den Schüler. Um die Antwort zu finden, begab er sich auf eine weite Reise zu einem großen Meister, von dem alle anderen Lehrer mit Respekt gesprochen hatten. Nach seiner Ankunft wurde ihm erlaubt, einzutreten und mit dem verehrten Meister zu sprechen.

«*Sensei,* ich bin verwirrt. Ich weiß, daß eine tiefe Wahrheit in den Kampfkünsten liegt, etwas viel Wichtigeres als das bloße Erlernen von Selbstverteidigungstechniken. Aber ich weiß nicht, wem ich glauben soll. Jeder erzählt mir etwas anderes, und jeder behauptet, sein Weg sei der richtige. Was soll ich tun?»

«Willst du das wirklich herausfinden? Oder bist du bloß neugierig? Wenn es dir ernst damit ist, dann erwartet dich eine große und abenteuerliche Herausforderung. Vielleicht wirst du scheitern, denn es gibt keine Erfolgsgarantie. Am Ende steht das große Unbekannte, die Leerheit, aus der du stammst. Bist du bereit, alles zu riskieren?» Mit leuchtenden, hellen Augen schaute der alte Lehrer den Schüler an.

«Ja, *sensei,* ich meine es ernst. Das fühle ich in meinem Herzen. Ich will das Wesen der Kampfkunst erlernen.»

«Dann mußt du in das Labyrinth des Feuerdrachen. Ich werde dir ein

Rätsel stellen. Wenn du es löst, dann bist du auf dem besten Wege, die Kampfkünste wirklich zu begreifen.» Der alte Lehrer sprach mit Würde und Überzeugung.

«Hier ist das Rätsel: Du bist in einem endlosen Labyrinth von Irrwegen gefangen. Ein Feuerdrache jagt hinter dir her und kommt dir immer näher. Vor dir, in der Tiefe dunkler Gänge, lauern unbekannte Gefahren. Der Feuerdrache, der dich verfolgt, wird dich sicher verbrennen, wenn du nicht entkommen kannst. Nun, was wirst du tun, um nicht verschlungen zu werden? Löse dieses Rätsel, und du wirst verstehen, wo die wahre Stärke des ganzen Kampfkunsttrainings liegt! Du mußt aus dem Labyrinth des Feuerdrachen entfliehen – oder untergehen. Doch mache dir nicht zu viele Sorgen! Ich habe das alles selbst durchgestanden und bin bereit, dir den Weg zu zeigen. Aber tun kann es kein anderer für dich. Das liegt allein bei dir. Bist du bereit?»

Den wahren Sinn der Kampfkunst herauszufinden
ist wie die Suche nach der Brille,
die du auf deiner Nase trägst.

Unbekannter Verfasser

Das Unsichtbare sehen

Der Friedhof lag im schwachen Licht der Mondsichel. Eine Eule schrie, flog aus ihrem Versteck und stieß zwischen den Bäumen auf der anderen Seite herab. Sonst blieb die Nacht still. Er merkte, wie ihm das Herz bis zum Hals schlug. Dies war eine echte Mutprobe.

Die anderen Schüler waren verschwunden. Der Cheftrainer hatte ihnen gesagt, daß sie eine Zeitlang allein auf dem Friedhof bleiben sollten. Er konnte spüren, wie sich die Haare in seinem Nacken sträubten.

Laß deine Gedanken nicht verrückt spielen! Schau, wie sie dich erschrecken wollen! Wir haben bereits früher über den Tod gesprochen. Der Tod ist das Unbekannte. Was du fürchtest, ist das Bekannte, deine Vorstellungen vom Tod, nicht die Wirklichkeit des Todes. Das hatte sein Lehrer beim letzten Treffen gesagt. Sie hatten über den Tod gesprochen – den Tod des Körpers und des Ego, dieser Anhäufung von Gedanken und Erinnerungen, die das ‹Ich› ausmachen. Aber in dieser Nacht war ihm nicht mehr so klar, was damals so klar zu sein schien. Der Schüler fühlte sich allein, überwältigt von der Wirklichkeit des Friedhofs.

Um ihn herum standen die Monumente des Todes: Steinblöcke mit Namen, Daten und Abschiedsworten. Die Gegenwart der Toten um ihn herum, die Stille, das Ende aller Lebendigkeit wirkten deprimierend. Er versuchte seine wirbelnden Gedanken einzufangen, als sie begannen, in Geister- und Totenphantasien auszuarten. Ihn schauderte. Immer wieder bemühte er sich mit aller Kraft, sich von seinen Phantasien zu lösen und seinen Geist auf das zu richten, was wirklich da war.

Obwohl die Herbstnacht warm war, fühlte er sich kalt bis in die Knochen. Die Bäume verwandelten sich in menschenähnliche Gestalten. Die Eule schrie erneut, stieß plötzlich aus der Dunkelheit herab und stürzte sich mit ausgebreiteten Schwingen auf ein ahnungsloses nächtliches Geschöpf.

Aus dem weichen Boden unter seinen Füßen stieg ein feuchter Geruch auf. Die Grabsteine, errichtet zum Gedenken an die Toten, erinnerten ihn daran, daß es für alles, was er kannte, einmal ein Ende geben würde. Kalter Schweiß brach ihm aus, und ein Gefühl der Leere, das keine Antwort füllen konnte, wollte ihn überwältigen. Dies war die Leerheit, jener Abgrund, den die Menschen so sehr fürchten. Und er stand mitten drin. Er bildete sich ein, daß die Toten ihn durch die Erde nach unten ziehen wollten, daß Geisterhände sich aus dem Boden streckten, nach seinen Beinen griffen und ihn hinabrissen. Sein ganzer Körper war naß, und seine Augen schmerzten von dem Versuch, das Dunkel zu durchdringen. Er war bereit für die Prüfung.

Ein Schatten glitt durch sein Blickfeld, und instinktiv ging der Schüler in Kampfstellung. War das ein Mensch oder ein Geist? Sein Herz schlug noch schneller, und seine Muskeln krampften sich zusammen. Was es auch sein mochte – er war bereit.

Kannst du unterscheiden zwischen dem, was wirklich vorhanden ist, und dem, was nur in deinen Gedanken, in deiner Einbildung existiert? Kannst du die Absicht, dich anzugreifen, erkennen, bevor der Angreifer sie in sich selbst verspürt? Dies ist die Kunst der Wahrnehmung dessen, was geschehen wird, vielleicht nur einen Sekundenbruchteil, bevor es wirklich passiert. Diese Art von Wahrnehmung gehört zu den subtilen Fertigkeiten eines Meisters der Kampfkunst. Sie versetzt ihn in die Lage, mögliche Gefahren auszuschalten, bevor sie Schaden anrichten können. Das hatte ihm sein Meister gesagt, und dessen klare, starke Worte gingen ihm jetzt durch den Kopf.

Der Schatten nahm Form an. Eine dunkle, mächtige Gestalt tauchte hinter dem größten Grabstein auf. Vom Boden in den schwarzen Himmel aufragend, erhob sie sich zu erschreckender Größe. Das schwache Licht der Mondsichel warf einen seltsam trüben Schatten in seine Richtung. Wie zu Eis erstarrt, verharrte der Körper des Schülers in Kampfstellung. Seine Beine waren hart wie Beton, und seine Augen starrten voller Schrecken auf die Riesengestalt.

Der Schüler spürte, wie ein Schrei von tief unten aus seinem Bauch ertönte. Er stieg hoch bis zur Kehle, blieb dort stecken und hob sich dann – nur noch als Gedanke – zum Gehirn empor. Während er auf die Anzeichen eines Angriffs wartete, beobachtete er jede Einzelheit der Geistergestalt. Plötzlich wurde das Bewußtsein des Schülers ganz leer. Und wie eine Welle in den Ozean zurücktaucht, versank die überwältigende Furcht des ersten Moments dieser Begegnung. Nur ein gesteigertes Gefühl der Wachheit blieb zurück. Zeit und Welt schienen völlig stillzustehen.

«Was machst du hier?» polterte die riesige Totenstatue mit brüchiger, tiefer Stimme.

«Wer bist du, der mich fragt?» hörte er sich antworten, überrascht von seiner ruhigen und beherrschten Stimme, die klang, als ob der erschrockene Junge verschwunden und ein selbstbewußter Kämpfer an dessen Stelle getreten wäre. Die dunkle Gestalt vor ihm begann ihre gespenstische Form zu verlieren und menschlichere Dimensionen anzunehmen. Sie trug einen schwarzen Mantel und einen Hut mit so breiter Krempe, daß der Schüler nicht erkennen konnte, wer sich darunter verbarg.

«Und wer bist du?» dröhnte die tiefe Stimme. Die Gestalt schien mit dieser gebieterischen Frage zu wachsen. Der Schüler wußte, worum es ging.

«Ich bin Furcht, da ist nichts als Furcht!» erwiderte der Schüler mit Selbstvertrauen.

«Weißt du, was der Tod ist?» ertönte die Stimme der Riesengestalt von neuem.

«Der Tod ist das Unbekannte», antwortete der Schüler mit noch größerer Sicherheit.

«Wenn der Tod das Unbekannte ist, was gibt es dann zu fürchten? Wer oder was stirbt?»

«Die Furcht stirbt, das Ich stirbt, und dann ist kein Tod mehr», sagte der junge Schüler mit Gewißheit.

«Gut, du hast deine Lektion gelernt, mein Junge. Du hast dein Ich, Furcht und Tod besiegt, die alle ein- und dasselbe sind. Verstehst du das?» bohrte die tiefe Stimme weiter.

«Ja. Ich habe begriffen, was Sie mich gelehrt haben. Ich erkenne, daß dies für mich die größte Herausforderung beim Kampfkunsttraining ist», erwiderte der Schüler, der in der Gestalt seinen Lehrer erkannt hatte.

«Nun übe deine *kata,* bis dein Geist ganz frei von allen Gedanken an Furcht und Tod ist, von allen Gedanken an dich selbst. Richte deine Aufmerksamkeit auf jede einzelne Bewegung, so als würdest du sie zum ersten Mal ausführen! Übe nicht aus Routine, denn sonst wird dein Geist abschweifen, und Furcht kann sich einschleichen. Ist dir das klar?»

«Ja, *sensei*», erwiderte der Schüler mit fester Stimme. Und unter den Augen seines Lehrers, der ruhig vor ihm im Gras saß, übte er seine *kata* mit voller Achtsamkeit. Die Bewegungen seines Körpers waren präzise und kraftvoll. Sein Geist blieb ganz bewußt auf jede Bewegung gerichtet. Von seinem Platz zwischen den Grabsteinen auf dem vom Mond schwach beleuchteten Friedhof schaute sein Lehrer ruhig zu. Das Gefühl der Furcht verschwand, und Ruhe trat an seine Stelle. Die Nacht war ganz still. Zwei Gestalten auf einem nächtlichen Friedhof: die eine bewegte sich in einem konzentrierten Tanz, die andere beobachtete aufmerksam, und beide befanden sich dabei jenseits der Zeit.

Wir sind, was wir denken.
Alles, was wir sind, entsteht
mit unseren Gedanken.
Mit unseren Gedanken
schaffen wir die Welt.

Buddha

Endloses Labyrinth

Wegrennen – er kam näher und würde ihn bald verschlingen – hoch flog er in die Luft – von der Klippe erhob er sich – leicht wie eine Feder – drehte sich hierhin und dorthin – in voller Kontrolle – sah das Dorf unter sich – kreiste in der Luft – plötzlich verfolgte er ihn – auf der Erde – über Büsche – Mauern – in Häusern – in Kellern – eine Falltür – runter in einen geheimen Raum – der zweite geheime Raum – immer noch verfolgt – die zweite Falltür – durch den Tunnel – rennen – rennen – rennen – ohne Ausweg – am Strand – schaute aufs Meer – sah gewaltige Wellen – gigantische Wellen kurz vor dem Aufprall – rannte vor den Wellen weg – ohne Ausweg – sank tiefer – in den Sand – tiefer und tiefer – Wellen kamen – brachen sich – er drehte sich um und trat ihnen entgegen – tauchte voll hinein – kam auf der anderen Seite wieder hoch – wieder Wellen – wieder tauchen – wieder und wieder –

«Seht, wie es euch packt», mahnte der Lehrer.

Juwelen – Ringe und Ketten – Geld – Unmengen von Geld – Blumen – Essen – alles zu essen, was sie wollte – Kleider – ein Laden voller Kleider – sie hatte kein Geld – niemand war da – sie probierte alle Kleider an – konnte haben, was sie wollte –

«Seht, wie ein Gedanke den nächsten hervorruft! Beobachtet die Gedanken, aber laßt euch nicht in sie verstricken!», so führte sie der Lehrer. «Seid euch des Körpers beim Sitzen bewußt! Haltet ihr den Atem an? Atmet! Atmet langsam! Hört auf die Geräusche um euch herum! Spürt euren Körper beim Sitzen auf dem Boden. Achtet auf die Gerüche im Raum! Laßt all dies einfach da sein! Laßt eure Gedanken einfach kommen! Sie gehören zu den vielen Empfindungen, die ihr erfahrt. Beurteilt sie nicht als gut oder schlecht! Lauft nicht weg vor euren Gedanken, aber laßt euch auch nicht von ihnen umgarnen! Beobachtet sie, ohne an ihnen festzuhalten! Ihr werdet allmählich sehen, woraus ihr gemacht seid, wie eure Gedanken die Welt, in der ihr lebt, erschaffen. Dann erkennt ihr die Wurzel aller Ängste und Freuden die Wurzel aller Konflikte. Ob ihr euch nun fesseln laßt oder weglauft – der Feuerdrache wird euch verfolgen. Verliert euch in euren Gedanken, und ihr werdet für immer in einem endlosen Labyrinth gefangen sein, verloren für die wirkliche Welt, verstrickt in die Welt eurer eigenen Phantasien.»

Die Schüler saßen still vor der Wand, mit leicht gesenktem Blick, die Hände im Schoß, die Augen auf den Boden gerichtet. Ihr Atem ging langsam.

«Und wer bist du?» fragte eine Stimme hinter ihnen. Diese Worte hallten durch ihr Gehirn und übertönten all die Gedanken- und Bilderfetzen, die sich gerade in ihren Köpfen bewegten, während sie still saßen und ihren Geist beobachteten.

«Wer bin ich? Wer bin ich?», so klangen die Worte wie ein Echo zu ihnen zurück. Es schien, als würden sie schon ewig lange sitzen. Die Beine schmerzten, der Rücken tat weh, und der Kopf war schläfrig.

«Was sind all die Gedanken, die durch eure Köpfe schwirren? Haben die Gedanken und Gefühle dieses Augenblicks einen Sinn? Oder sind sie bloß ein endloses Sammelsurium von Befürchtungen und Hoffnungen?» Die Stimme des Lehrers klang stark und gesammelt. Seine Worte durchschnitten das ichbezogene Denken der Schüler. Sie erweckten etwas Klares in ihnen, etwas Unberührtes, das nichts mit der Verwirrung in ihren Gehirnen zu tun hatte.

Sitzen, war das Fundament ihres Kampfkunsttrainings. Das begann schon am Morgen. Bevor die Schüler ihre *katas* übten, saßen sie bereits eine Weile still. Zu bestimmten Zeiten saßen sie auch für längere Zeit. Beim ausgedehnten Sitzen kam es vor, daß etwas Wirres auftauchte, Bruchstücke von Gedanken und Gefühlen, die keinen Sinn zu haben schienen.

«Versucht nicht, in dem, was da gerade abläuft, einen Sinn zu finden!» wies sie der Lehrer an. «Laßt es einfach so geschehen, wie es kommt, und akzeptiert die aufsteigende Verwirrung! Beobachtet, was gerade geschieht,

aber versucht nicht, es zu ändern, zu ordnen, zu entwirren! Schaut auf diese Gedanken und Gefühle, als ob ihr ein Schauspiel sehen würdet, ein Schauspiel, das ihr nicht versteht!»

Die Schüler saßen still und beobachteten ihren Geist, in dem sich unaufhörlich Gedanken erhoben. Und mit diesen Gedanken kamen auch Gefühle. Am Ende ihrer Meditationssitzung wandte sich der Lehrer an die Schüler und fragte: «Ist diese Verwirrung, dieses unaufhörliche Denken etwas Persönliches? Das heißt, gehört es nur euch allein? Oder erkennt ihr, daß es ständig in jedem von uns, in allen Menschen abläuft? Seid ihr euch bestimmter Gedanken bewußt, die mehr Furcht oder Begierde als andere hervorrufen? Diese stärkeren Regungen nennen wir Feuerdrache. Sie packen und verschlingen euch voll Grausamkeit. Sie werden euch verbrennen, wenn ihr euch in sie verwickeln laßt. Paßt auf, die Feuerdrachen lauern an jeder Ecke des Labyrinths! Sie lauern auf die Ahnungslosen. Schlaft nicht ein! Bleibt wach, paßt auf!»

Der Lehrer schwieg eine Weile und fuhr dann fort: «Es besteht die Gefahr, daß ihr zu der Überzeugung gelangt, dieses Labyrinth sei wirklich und die Feuerdrachen müßten bekämpft und getötet werden. Gedanken und Gefühle schaffen die Welt, und diese Welt beeinflußt ihrerseits eure Gedanken und Gefühle. Der Konflikt in unseren Köpfen und das Durcheinander in unseren Gehirnen führen zu Krieg und Verwirrung in der Außenwelt. Erkennt das, dann habt ihr verstanden, warum wir letztlich Kampfkunst üben. Sie soll uns helfen, unsere Konflikte zu begreifen und friedlich zu beenden.

Ihr seid noch jung und versteht vielleicht nicht alles, was ich euch jetzt sage. Im Grunde ist es aber sehr einfach. Macht es euch nicht unnötig schwer. Eure Gehirne sind mit zahllosen Gedanken angefüllt. Diese Gedanken stammen aus der Vergangenheit, aus dem, was euch Eltern, Lehrer, Freunde und Bücher über das Leben erzählt haben. An all diesen Gedanken hängen Gefühle. Wenn ich ‹Eis› sage, dann sind Gedanken und Gefühle mit diesem

Wort verbunden. Dieser Gedanke schmeckt sozusagen gut. Wenn ich ‹Tod› sage, dann ist auch ein Gedanke mit diesem Wort verbunden, und ein Gefühl folgt nach. Vielleicht Furcht. Aber könnt ihr erkennen, daß dies nicht mehr als ein Spiel ist, das in eurem Gehirn stattfindet? Dieses Spiel in eurem Geist beruht auf Assoziation: Das bedeutet, daß euer Gehirn einen Gedanken mit einem Gefühl verbindet oder einen Gedanken mit einem anderen. Wenn ich ‹oben› sage, dann denkt ihr vielleicht ‹unten›, bei ‹Fluß› *schwimmen*, bei ‹Feuer› *Wärme* und so weiter.

Junge Freunde, ihr müßt verstehen, wie euer Geist arbeitet, um zu erkennen, wie Gedanken und Gefühle euer Verhalten beeinflussen. Wenn ihr beobachtet, was beim Sitzen in euren Köpfen vorgeht, dann werdet ihr schließlich die Wurzel des Konflikts wahrnehmen. Ihr sollt allmählich erkennen, daß Gedanken und Gefühle eure Welt erschaffen. Wenn euer Gehirn von Furcht beherrscht ist, werdet ihr genau das in der Welt hervorrufen. Merkt ihr, wie wichtig diese einfachen Sätze sind? Ihr seid die Welt, die Welt ist ‹ihr›. Krieg und Gewalt werden von uns selbst gemacht, durch die Art und Weise unseres Denkens und Fühlens. Erkennt die Wurzel von alledem! Beobachtet einfach, wie dies geschieht, und wenn ihr das erkennt, laßt es da enden, bevor es euch überwältigt und noch mehr Verwirrung und Gewalt in der Welt stiftet. Alles beginnt in euch. Fangt damit an, euch zu beobachten! Dies könnt ihr immer tun. Beim Essen, beim Schlafengehen, beim Aufwachen. Beobachtet einfach und lernt! Haltet an nichts fest, sondern beobachtet weiter und seht, was ihr da entdeckt! Dann könnt ihr euer eigener Meister werden. Ihr werdet allmählich die Bedeutung des Kampfkunsttrainings begreifen und erkennen, warum es so weit über das Erlernen von bloßen Techniken hinausgeht.»

Während der nächsten Minuten saßen die Schüler still, beobachteten ihr Denken und erkannten, wie es bei ihnen allen auf die gleiche Weise funktionierte und dabei ein Labyrinth schuf, in dem sie sich verlieren konnten. Sie blickten vielen Feuerdrachen in die Augen und empfanden Furcht oder

Freude bei den Gedanken, die ihre Gehirne hervorzauberten. Sie begannen, die Worte ihres Lehrers zu begreifen. Seine Worte würden sie zum Verständnis des Leeren Ich, des Fundaments aller Kampfkünste, führen.

Nicht-Tun ist die höchste Form des Tuns.

Krishnamurti

Die Furcht besiegen

Er umkreiste die Schülerin langsam mit dem Gebaren eines Löwen, der sich an seine Beute heranschleicht. Seine hellen Augen waren ganz auf sie gerichtet. Aufmerksam beobachtete er jeden Wechsel in ihren Bewegungen, um eine Öffnung für den Angriff sofort zu erkennen.

Ihre Muskeln waren verkrampft, und sie fühlte Schwere und Furcht. In diesem Moment des Grübelns stürzte er sich mit einem furchtbaren Schrei auf sie, trat sie direkt in den Magen und stieß dann mit der Faust in ihr Gesicht. Sie fiel nach hinten, nicht durch die Wirkung des Treffers, sondern durch die wilde Gewalt seines Angriffs. Noch einmal trat sie an, aber nur, um wieder von diesem Raubtier umkreist zu werden. Sie fühlte sich so hilflos. Er, zäh und kraftvoll, war der Beherrschende, der Stärkere, der besser Trainierte. Sie fühlte sich schwach und unterlegen. Was konnte sie machen? Woher sollte sie Mut und Kraft nehmen, um sich gegen einen so mächtigen Gegner zur Wehr zu setzen? Sein hoher und kraftvoller seitlicher Fußstoß streifte ihren Arm, weil sie nicht richtig abwehrte. Obwohl Vollkontakt nicht erlaubt war, hatte sie immer noch Angst davor, getroffen und verletzt zu werden. Ihr Ausbilder ließ sie ständig gegen diesen Gegner antreten, und jedesmal würde sie verlieren, ohne je einen einzigen Punkt zu machen.

Als Braungurt hatte sie zwar hart trainiert, um ihren Rang zu halten, aber er war Schwarzgurt und besaß den ersten *dan*. Allein der Anblick dieses schwarzen Stoffbandes um seine Hüften machte sie schwach, und sie hatte schon verloren, noch bevor sie wirklich zu kämpfen begannen.

«Dein Geist ist zu sehr angefüllt mit Befürchtungen vor dem, was geschehen könnte», sagte ihr Lehrer nach dieser Runde. «Ruhe dich in den kommenden Tagen aus, und meditiere über nichts anderes als über die Natur um dich herum. Nimm frei vom regulären Training, und geh im Wald spazieren!»

Als sie merkte, daß ihr Lehrer ihr weitere Demütigungen ersparen wollte, entfernte sie sich von der Gruppe und schlenderte hinunter zum nahegelegenen See. Es war Spätnachmittag, und die Bäume leuchteten in herbstlichem Glanz: ein Teppich von goldenen, orangefarbenen, roten, gelben und grünen Blättern bedeckte den Pfad vor ihren Füßen. Sie wanderte langsam am Ufer entlang und dann hoch in den Wald. Die Sonnenstrahlen schienen durch die Blätter und brachten sie zum Leuchten. Das Schreien der Wildgänse, die vor dem nahenden Winter nach Süden flogen, zog ihren Blick nach oben zum blauen Himmel und den dahinschwebenden dicken Wattewolken.

Am nächsten Tag ging sie wieder spazieren, tiefer in den Wald hinein. Die Erinnerung an ihre Niederlagen steckte immer noch in ihr, wie ein Dorn in ihrem Fleisch. Furcht stieg in ihr auf bei dem Gedanken, daß sie unausweichlich erneut gegen diesen Mitschüler antreten müsse. Da war keiner, mit dem sie sprechen konnte, da war nur sie allein. Immer wieder kamen ihre Gedanken und Ängste hoch, bis sie einfach zu müde wurde, um weiter darüber nachzudenken. Der Tag war so schön. Sie überquerte einen kleinen Bach, dessen Wasser einem unsichtbaren Ziel zufloß. Sie konnte den Wald, die feuchten Blätter, die Kiefern, den Nebel und die Frische der Natur riechen. Als sie einen Augenblick stehenblieb, beobachtete sie liebevoll eine winzige Raupe, die auf einem gelben Birkenblatt ein Sonnenbad nahm. Im Wald war es still, bis auf einen gelegentlichen Vogelruf und das Flüstern des Windes in den Bäumen. Wie goldener Schnee fielen die Blätter sanft zu Boden und bedeckten die Baumwurzeln, die auf dem Waldboden wie Adern aussahen. Sie bemerkte einen Pilz, der an der Seite eines moosbedeckten Baumes wuchs, und sie fühlte sich ruhig und friedlich. Alles, was da geschehen war, trieb davon wie ein Blatt im Bach, und nichts als Stille blieb zurück.

Plötzlich stieg ein beglückendes Gefühl in ihr auf. «Es ist so einfach», rief sie laut voll freudiger Überraschung. «Es ist so einfach», sagte sie noch einmal. «Hier herrscht vollkommene Unordnung. Die Natur ist, wie sie ist –

weder besser noch schlechter. Was ich suche, ist hier und war immer hier, denn es ist dieser Augenblick selbst. Ich verstehe alles und doch gar nichts.» Sie drehte sich rasch um, als ein Vogel von einem Zweig abhob und davonflog. Wie mühelos sich der Vogel bewegte, mit welcher Energie!

Den Rest des Tages blieb sie im Wald, um ihre *katas* zu üben. Ihre Bewegungen waren nun mühelos und spontan. Die festgefügten Bewegungsmuster, in monatelangem hartem Training eingeübt, fielen von ihr ab, während eine lebendige Form ganz natürlich aus ihrem Innern erwuchs. So leicht wie ein Vogel im Flug aufsteigt, so mühelos wurde sie von den Bewegungen ihrer *katas* gelenkt. Sie wurde zur *kata,* war nur noch *kata;* Mensch und Bewegung verschmolzen zu einer harmonischen Einheit. Nachdem sie spätnachmittags ins Lager zurückgekehrt war, ging sie ohne Eile zu ihrem Lehrer. «Jetzt bin ich bereit.» Der Lehrer schaute sie aufmerksam an und bemerkte die Ruhe, die von ihr ausstrahlte.

Am nächsten Tag mußte diese Schülerin wieder gegen ihren alten Gegner antreten. Mühelos wich sie all seinen Angriffsversuchen aus. Immer wieder griff er an, konnte aber keinen Treffer landen. Am Ende des Kampfes war es keinem gelungen, auch nur einen Punkt zu machen. Und doch hatte sie gewonnen.

Je weniger du dich anstrengst,
desto schneller und stärker wirst du sein.

Bruce Lee

Jetzt siehst du es – und jetzt nicht

Der Cheftrainer, eine schon legendäre Persönlichkeit, betrat den Kampfplatz, wo er sein Können demonstrieren sollte. Seine Angreifer standen wartend bereit. Die Schüler brannten vor Eifer, denn dies war eine seltene Gelegenheit, um direkt von ihrem Meister zu lernen.

Die Zuschauer wurden ganz still in Erwartung seiner sagenhaften und geheimnisvollen Kampfkunsttechniken. Aber da geschah etwas Seltsames. Der Cheftrainer machte sich an seinem Schwarzgurt zu schaffen, der sich gelockert hatte, scheinbar ratlos, wie er ihn richtig binden sollte.

«Was ist los?» murmelten die Zuschauer. *Was fummelt er da herum? Er ist schwach und ängstlich,* so dachten manche. «Er sieht so alt und schwach aus», sagte ein anderer mit lauter Stimme. Dieser hünenhafte Lehrer mit seinen magischen Kräften mutete nun allzu gewöhnlich an. Doch im selben Augenblick, in dem die Schüler seine Gewöhnlichkeit wahrnahmen, stieß er einen durchdringenden Schrei aus, der die Angreifer in alle Richtungen kullern ließ. Der Cheftrainer verfügte wirklich über die Fähigkeiten eines großen Meisters. Die Zuschauer versuchten, seinen Bewegungen zu folgen, aber bevor sie erfassen konnten, was geschehen war, lagen schon wieder alle jungen Assistenten ausgestreckt auf dem Boden zu Füßen ihres Lehrers.

Ruhig und würdevoll verließ der Meister den Kampfplatz, vorbei an seinen geschockten, aber unverletzten Angreifern. Die Demonstration war zu Ende.

Ich habe erkannt, daß Vergangenheit
und Zukunft wirklich Illusionen sind,
daß sie nur existieren in der Gegenwart,
die ist, was da ist,
und alles, was da ist.

Alan Watts

Nicht einmal eine Haaresbreite Raum

Die Schüler hatten gerade ein hartes Kampftraining beendet, und ihre Anzüge trieften vor Schweiß. Sie waren zufrieden mit ihrer heutigen Leistung. Die Sonne stand hoch am Himmel. Drei Raben schrien laut und flogen über ihre Köpfe hinweg auf die dunkelgrünen Kiefern in der Ferne zu. Eine schwarze Raupe mit orangefarbenen Streifen kroch unendlich langsam über den Zweig eines nahe stehenden Baumes.

«Heute hat euer Timing nicht gestimmt», sagte der Lehrer, indem er das Schweigen brach. Es war für Schüler und Lehrer üblich, daß sie über ihr tägliches Training sprachen.

Der Lehrer klatschte plötzlich in die Hände. «Ist da eine Lücke zwischen der Bewegung meiner Hände beim Klatschen und dem entstehenden Geräusch?» fragte er. «Wenn ihr lernt, euch zu verteidigen, seid ihr euch da der Lücke zwischen dem gegnerischen Angriff und eurer Reaktion bewußt? Wenn es eine Lücke gibt, dann ist eure Reaktion nicht mit der Aktion verknüpft. Beide bilden eine Einheit. Da ist ein Raum zwischen Angriff und Verteidigung. Wenn ihr zögert, führt das zur Niederlage. Gibt es aber weder Lücke noch Zögern, bewegen sich Angreifer und Verteidiger als Einheit, und es kann keine Niederlage geben.

Achtet nun auf die Anzeichen des bevorstehenden Angriffs! Erkennt den Angriff, bevor er beginnt, und reagiert in angemessener Weise! Wenn ihr einem Angriff begegnet, bevor er tatsächlich ausgeführt wird, dann bleibt zwischen euch und eurem Gegner nicht einmal eine Haaresbreite Raum.»

Die Schüler erhoben sich wieder und übten, auf einen Angriff ohne Zögern zu reagieren. Der Lehrer stand vor der Klasse und hielt die Hände über den Kopf. Wenn er sie zur Faust schloß, sollten die Schüler schon reagiert haben. Zuerst gab es Lücken zwischen dem Schließen der Faust und der Abwehrreaktion. Aber je mehr sie übten, desto eher konnten sie reagieren, noch bevor ihr Lehrer die Faust schloß.

«Nun werdet ihr nicht mehr verlieren. Der Sieg gehört euch. Wenn ich jetzt eine Faust mache, dann rennt weg!»

Ohne ein tieferes Verständnis,
ohne die Betrachtung des Geistes
wären die Kampfkünste nicht mehr
als eine Reihe gymnastischer Fertigkeiten.

Jean Webster-Doyle

Tu es einfach!

Man hatte einen Meister von einer anderen Kampfkunstschule zu einem Vortrag ins Lager gebeten. Auch die Schüler der benachbarten Schulen waren dazu eingeladen.

Als der Gast den Raum betrat, wurde er mit großem Applaus empfangen. Doch ein Schüler von einer nahegelegenen Schule konnte seinen Neid nur schwer beherrschen. «Ich möchte gern wissen, ob Sie wirklich so ein großer Meister sind, wie die Leute behaupten», rief er mit lauter Stimme. «Vielleicht sind Sie in der Lage, weniger erfahrene Schüler zu täuschen und sie dazu zu bringen, alles zu tun, was sie wollen, aber ich habe keinen Respekt vor Ihnen. Können Sie mich dazu bringen, Ihren Weisungen zu folgen?»

«Komm her, und ich werde es dir beweisen», antwortete der fremde Meister.

«Komm auf meine linke Seite!» Der Schüler ging auf die linke Seite.

«Eigentlich ist es auf der rechten Seite besser.» Der Schüler ging auf die rechte Seite.

«Gut», sagte der Meister, «du hast mir brav gehorcht. Nun setze dich hin und sei still!»

Unter den größten Dingen
dieser Welt
ist die Leerheit
bei weitem das größte.

Leonardo da Vinci

Windglöckchen am leeren Himmel

Am Abend hatten sich die Schüler am Lagerfeuer versammelt, um den Worten ihrer Lehrer zu lauschen. Die Sterne in dieser kühlen Herbstnacht strahlten hell. Die frische Luft belebte ihren Geist, als sie sich erwartungsvoll zusammendrängten. Bei diesem Treffen herrschte immer eine freundliche Atmosphäre der Zuneigung. In der Ferne hörte man einen Hund bellen. Die Windglöckchen klingelten sanft in der Abendbrise, und ihre melodischen Klänge breiteten sich nach allen Seiten aus. Die Schüler erahnten das große Geheimnis der Nacht. Da war nur die Nacht und sonst nichts.

«Liebe Schüler, was bedeutet es, wenn wir uns verbeugen? Wir verbeugen uns an der Tür der Übungshalle, wir verbeugen uns am Anfang und am Ende unseres Partnertrainings, wir verbeugen uns voreinander während des Tages, wenn wir uns im Hof oder auf dem Gang begegnen. Warum tun wir das? Ist es nur eine Gewohnheit wie das Händeschütteln, oder hat diese Geste einen tieferen Sinn?»

Der nächtliche Wald war ganz finster, aber er wirkte nicht erschreckend. Die Schüler hatten sich nun an den Wald gewöhnt, der wie ein stummer Freund dastand. Schnurrend rieb sich die Schulkatze an den Knien der Schüler. Eine Hand nach der anderen streckte sich aus, um sie sanft zu streicheln.

«Was ist Respekt, liebe Schüler? Könnt ihr mir das sagen?» fragte der Lehrer.

«Es bedeutet, sich umeinander zu kümmern. Es bedeutet, eher an die anderen zu denken, als die ganze Zeit nur an sich», antwortete ein Schüler.

«Es bedeutet, anständig zu sein und sich so zu benehmen, daß die anderen sich glücklich fühlen», sagte der nächste Schüler.

«Respekt bedeutet, andere Menschen zu ehren und rücksichtsvoll, aufmerksam und höflich zu sein», erwiderte ein dritter.

«Respekt bedeutet auch, jemand wegen seiner besonderen Fähigkeiten, mit denen er anderen Menschen nützen kann, zu bewundern», entgegnete ein anderer.

«Dann ist die Verbeugung eine bestimmte Form, um diesen Respekt, diese Verehrung, diese Höflichkeit, diese Aufmerksamkeit auszudrücken. Könnt ihr euch ganz natürlich verbeugen, ohne daran erinnert zu werden, ohne einen Gedanken an Strafe oder Belohnung? Könnt ihr die Anmut einer echten Verbeugung erkennen? Wie wirkt es auf euch, wenn ein anderer sich vor euch verbeugt, nicht aus Gewohnheit, sondern mit echtem Gefühl? Fühlt ihr euch geehrt und respektiert? Dies ist so wichtig, in der Kampfkunst und im Alltag, doch wir vergessen das so leicht. Wir sind so sehr damit beschäftigt, allen anderen zu zeigen, wie bedeutend wir sind, daß wir den entscheidenden Punkt verfehlen. Aber wenn wir uns verbeugen, um einander zu grüßen, stellen wir uns selbst zurück. Damit verwirklichen wir das wahre Wesen der Kampfkünste: Freundlichkeit und Respekt. Begreift ihr das?»

Die Katze ließ sich im Schoß eines Schülers nieder und schlief ein. Die Schüler dachten schweigend über die Worte ihres Lehrers nach.

«Ihr habt gedacht, daß es in den Kampfkünsten darum gehe, euch zu verteidigen», faßte der Lehrer zusammen. «Nun wißt ihr, daß es eigentlich darum geht, einander Respekt zu erweisen.»

Die Windglöckchen klingelten aufs neue und verbreiteten sanfte metallische Klänge über dem Wasser. Der Mond leuchtete über dem stillen See. Eine einsame Ente landete auf dem Wasser, ohne den Frieden der Nacht zu stören.

*Richtig ausgeführt, wird die Verbeugung
zur wichtigsten einzelnen Bewegung
in den Kampfkünsten.*

Terrence Webster-Doyle

Kämpfen für den Frieden

Ein Schüler rannte weinend aus der Halle. Die anderen waren zutiefst verwirrt. Einige kämpften mit den Tränen.

«Wir leben in einem Traum, liebe Schüler. Wie Möchtegern-Krieger spielen wir Soldat, ohne den Sinn unseres Tuns wirklich zu begreifen», sagte der Cheftrainer mahnend zu seinen Schülern.

«Wißt ihr, was es bedeutet, wenn euch ein Schlag mit voller Kraft ins Gesicht trifft? Könnt ihr euch vorstellen, einen Menschen zu blenden, indem ihr ihm in die Augen stecht? Oder ihm Arm oder Bein zu brechen, oder ihn mit euren Kampftechniken tatsächlich zu töten? Könnt ihr euch vorstellen, wie vernichtend es wäre, wenn ihr diese Techniken jemals mit voller Kraft einsetzen müßtet?»

Den Schülern wurde dabei fast übel. Ihnen war nicht klargewesen, welche gefährlichen und zerstörerischen Wirkungen das, was sie gelernt hatten, haben konnte. Für sie war das alles eher Spiel und Spaß gewesen; nun wurde es zur Wirklichkeit.

«Aber *sensei,* ich bin verwirrt. Ich möchte doch niemandem schaden. Warum üben wir diese Selbstverteidigungstechniken, wenn sie einen anderen wirklich verletzen oder gar töten können? Was hat das alles zu bedeuten?» fragte ein Schüler.

«Auf keinen Fall möchte ich noch mehr Gewalt in der Welt erzeugen», meinte der Cheftrainer in vertraulichem Ton. «Einmal habe ich es sogar aufgegeben, Kampfkunst zu unterrichten, weil mich die Gewalt, die das Training begleitet, verwirrt und traurig gemacht hatte. Aber ich erkannte auch, daß die Menschen sich verteidigen müssen, leider vor allem die Frauen gegen männliche Gewalt. Dies zu erkennen ist ziemlich unangenehm.»

«Und was haben Sie dann gemacht, *sensei?*» erkundigte sich ein Schüler.

«Ich mußte einen Weg finden, wie ich den Menschen beibringen konnte, sich im Notfall zu verteidigen, aber auch, was noch wichtiger ist, einer Konfliktsituation ohne Kampf zu entgehen.»

«Wie haben Sie persönlich gelernt, gefährliche Situationen zu bestehen, ohne zu kämpfen?» wollte ein anderer Schüler wissen.

«Indem ich mir das nötige Selbstvertrauen erworben habe, nicht kämpfen zu müssen. Weil ich keine Angst mehr hatte. Weil ich gelernt hatte, mich zu verteidigen, konnte ich klar denken und reagierte nicht mehr automatisch mit Gewalt.»

«Erzählen Sie uns bitte mehr darüber», bat ein schüchterner Schüler.

«Ich setze lieber meinen Verstand ein, um einem Konflikt zu entgehen, statt meine Fäuste oder Füße, um ihn auszutragen», erwiderte der Lehrer.

«In welcher Weise würden Sie den Verstand einsetzen?»

«Ich habe gelernt, gewaltfreie Alternativen zu benutzen. Ist jemand von euch schon einmal mit körperlicher Gewalt eingeschüchtert oder bedroht worden? Was könntet ihr tun, um ohne Kampf einer solchen Situation zu entgehen?»

«Ich könnte mit dem Schläger reden, um herauszufinden, wo das Problem liegt», schlug ein Schüler vor.

«Was sonst?» fragte der Lehrer.

«Ich könnte weglaufen, aber ohne Furcht, und mich so der Bedrohung entziehen.»

«Ich könnte versuchen, ihm menschlich näherzukommen.»

«Wie wäre es mit Humor?»

«Oder dem Schläger erzählen, daß mein Bruder Kampfkunstexperte sei und gleich hier sein wird, weil wir uns verabredet haben.»

«Liebe Schüler, wir haben schon viele Male darüber gesprochen. Die meisten von euch haben diese verschiedenen Möglichkeiten durchgespielt. Im Rollenspiel seid ihr sowohl Schläger als auch Opfer gewesen. Mit unserer Hilfe konntet ihr diese friedlichen Alternativen zu gewaltsamen Reaktionen praktizieren. Aber ihr müßt sie immer wieder üben, damit sie euch zur zwei-

ten Natur werden. Manchmal verwenden wir zuviel Zeit für die Selbstverteidigung und nicht annähernd genug Zeit, um diese gewaltfreien Methoden beherrschen zu lernen. Beide gehören zusammen: die Selbstverteidigung, um körperliches Selbstvertrauen zu erwerben, und die gewaltlosen Alternativen, um geistiges Selbstvertrauen zu erlangen. Wenn ihr beide zusammen einsetzt, könnt ihr Konflikte beenden, ohne euch selbst oder andere zu verletzen. Unser Ziel ist es, Konflikte gewaltfrei zu lösen.»

Laßt uns die Blätter öffnen
wie eine Blume
und empfänglich und offen sein.

Unbekannter Verfasser

Das Unerwartete erwarten

Die Schüler hatten sich in Kampfstellung im Kreis aufgestellt. Einer stand in der Mitte, wach, aufgerichtet, die Hände locker an der Seite. Seine Augen blickten sanft, nicht starr. Er schien völlig entspannt zu sein. Er nahm die über ihm dahinziehenden Wolken und den angenehmen Feuergeruch in der frischen Herbstluft wahr. Ein Specht, der sich an der Rinde eines alten Baumes festgekrallt hatte, klopfte Löcher ins Holz, um nach Insekten zu suchen. Plötzlich flog ein großer Rabe krächzend vorbei.

«Eins!» kommandierte der Lehrer.

«*Kiai!*» schrie eine der Schülerinnen im Kreis, als sie auf den einsamen Kämpfer in der Mitte losging.

«Fünf!» rief der Lehrer aufs neue.

«*Kiai!*» Und ein anderer Schüler ging zum Angriff auf den eingekreisten Schüler über.

Jeder hatte eine Nummer bekommen. Immer wieder wurde der Schüler in der Mitte angegriffen, nachdem der Cheftrainer eine Nummer aufgerufen hatte. Der Schüler mit der entsprechenden Nummer sprang los, um den Einzelkämpfer in der Mitte zu attackieren.

Dieser konterte jeden Angriff mit der Anmut und Beweglichkeit einer Katze, indem er allen Vorstößen schnell begegnete. So ging es immer weiter, und jeder Teilnehmer im Kreis spielte einmal die Rolle des Verteidigers in der Mitte. Je nach dessen Können wurden die Nummern bald schneller, bald langsamer aufgerufen.

Am Ende dieses Trainings setzten sich die Schüler auf den Boden, um in Ruhe über das nachzudenken, was sie gerade erlebt hatten. Vor dem geistigen Auge jedes einzelnen wiederholten sich jeder Angriff und jede Abwehr. Immer wieder liefen diese Kampfszenen ab, und jede wurde im Rückblick so betrachtet, als sei sie Teil eines Schauspiels.

«Nun wird es ernst, liebe Schüler.» Jeder wußte, was der Lehrer damit meinte. Sie hatten auf diesen Moment gewartet, denn sie hatten die Angriffe aus dem Kreis während der letzten Wochen oftmals geübt und fühlten sich bereit für die Prüfung.

«Ich werde etwas hinzufügen, was ihr nicht erwartet habt. Das wird eure Sinne schärfen. Habt ihr etwa gedacht, daß ich es euch einfach mache?»

Die Schüler schauten einander erstaunt an. Sie hätten sich denken können, daß es nicht so kommen würde, wie sie sich das ausgemalt hatten. Immer wieder war ihnen gesagt worden: «Erwartet das Unerwartete! In dem Moment, wo ihr zu wissen meint, was nun geschehen wird, wird sich etwas, vielleicht nur ganz leicht, verändern und eure Aufmerksamkeit trüben. Hütet euch vor den Feuerdrachen! Sie lauern darauf, daß ihr einschlaft, und sei es auch nur eine Sekunde. Dann macht es puff! – und schon seid ihr verbrannt.» Die Schüler hörten aufmerksam zu, als ihr Lehrer ihnen die neue Aufgabe erklärte.

«Liebe Schüler, ihr müßt nun auf jede Art von Angriff vorbereitet sein, sowohl auf körperlicher als auch auf seelischer Ebene. Wenn ihr wachsam seid, wird euch nichts geschehen. Körperlich seid ihr dann in der Lage, euch gegen jeden Angriff zu verteidigen. Geistig werdet ihr so wachsam sein, daß ihr emotional geschützt seid.

Störende Bilder können euch nicht berühren. Sowohl körperlich als auch geistig werdet ihr hellwach sein. Um etwas Neues ins Spiel zu bringen und eure Standfestigkeit zu testen, werden die Angreifer euch von nun an nicht nur so wie heute körperlich attackieren; sie werden auch versuchen, euch seelisch zu verletzen. Sie haben die Wahl des Angriffs. Sie können euch als Feind oder als Freund begegnen, und ihr solltet in der Lage sein, den Unterschied zu erkennen.

Das Verhalten eures Angreifers kann unversehens umschlagen: von einem scheinbaren Angriff zu einer freundschaftlichen Begrüßung. Oder auch das Gegenteil: Zuerst begrüßt er euch als Freund, und dann greift er euch an. Die Gegenseite wird auch versuchen, eure Gefühle zu verletzen. Diese Art von Angriff ist noch gemeiner, und das wird geschehen, wenn ihr es am wenigsten erwartet. Es sind emotionale Attacken, die sehr verletzend und gefährlich sein können. Ich werde euch nicht erklären, wie das Ganze abläuft. Deshalb müßt ihr jederzeit äußerst wachsam sein. Habt ihr das verstanden?»

Die Schüler saßen schweigend da. Für heute war der Unterricht vorbei.

Am frühen Abend begannen die Attacken. Unter Einsatz von Kampfkunsttechniken gingen die Angreifer plötzlich auf irgendeinen Schüler los. Und das geschah immer wieder.

In dieser Nacht schliefen die Schüler nur wenig; sie wollten wach bleiben, um auf die bevorstehenden Angriffe vorbereitet zu sein. Und sie kamen, in der Dunkelheit der Nacht. Licht war nicht erlaubt, und so spielten sich Angriff und Abwehr in völligem Dunkel ab. Die Schüler waren erregt, gespannt und aufmerksam.

Alle fanden ihren Spaß an dieser Art von Test, besonders die Neulinge, die so etwas noch nicht kannten. Doch hatte dieses Spiel auch eine ernsthafte Seite. Es sollte dazu beitragen, die Schüler auf wirkliche Angriffe vorzubereiten und sie ganz allgemein wacher zu machen. Dieses geschärfte Gefühl der Wachheit würde ihnen dazu verhelfen, die tieferen Aspekte von Konflikten zu erkennen.

Am nächsten Tag versuchten die Angreifer die Schüler zu verwirren. Was zunächst wie ein Angriff aussah, wurde plötzlich zu einer freundlichen Geste. Ein Angreifer konnte dabei auf einen Schüler losgehen, als ob er sich wütend auf ihn stürzen wollte. In dem Moment, wo der Schüler eine Abwehrreaktion zeigte, begann der Angreifer zu lächeln und den Schüler zu umarmen.

Dieser Wechsel verwirrte die Schüler, und sie waren sich nicht sicher, wie sie dem begegnen sollten. Manchmal näherten sich die Angreifer lächelnd und versuchten dann plötzlich, zu schlagen oder zu treten. Die Schüler hatten ihre liebe Not, jedesmal angemessen zu reagieren. Es kam vor, daß sie aus Versehen einen freundschaftlichen Handschlag abblockten oder auf eine Umarmung mit einem Konterschlag antworteten. Es konnte aber auch geschehen, daß sie sich flach auf dem Rücken liegend auf der Erde wiederfanden, nachdem sie ihre Hand in einer entgegenkommenden Geste ausgestreckt hatten.

Diese Art von Test mit Angriff oder Begrüßung ging den ganzen Tag weiter. In der Nacht gab es eine willkommene Ruhepause. Aber alle wußten, daß sie am Morgen das Unbekannte erwartete, der Angriff auf ihre Gefühle. Und es würde noch schwieriger sein, sich dagegen zu wehren.

Am Morgen weckte sie die strahlende Sonne, die über den goldenen Baumwipfeln aufging. Vögel flatterten eilig hin und her, um die frostige Kälte aus ihren zarten Körpern zu vertreiben. Eichhörnchen rannten geschäftig durch den Wald, um Nüsse für den nahenden Winter zu sammeln. Sie schienen mit der Hündin zu spielen, indem sie dicht vor ihr herrannten, um zuletzt mit einem Satz auf den nächsten Baum zu springen. Ein Eichhörnchen nach dem andern reizte die Hündin und brachte sich dann im letzten Moment schnell in Sicherheit. Die Hündin rannte in Kreisen bei dem Versuch, das Spiel zu gewinnen. Obwohl dies ein Spiel auf Leben und Tod war, schien es großen Spaß zu machen.

Wie an jedem Morgen weckte der Klang der Schulglocke die Schüler. Dieser wunderbare Klang begleitete sie auch abends beim Schlafengehen. ‹Glockenklang am leeren Himmel›, so hatten sie ihn genannt. Die Glocke verbreitete einen so schönen und vollen Ton, daß man für einen Augenblick die ganze Welt vergessen konnte.

Beim Frühstück saßen die Angreifer im Speisesaal in einer Gruppe zusammen, zeigten mit den Fingern auf die Schüler und lachten über sie.

Was hatten sie wohl vor? Warum lachten sie und deuteten mit den Fingern? So dachten die Schüler nervös. Als die Schüler nach dem Frühstück das schmutzige Geschirr in die Küche trugen, rief einer der Angreifer der Gruppe zu: «He, ihr erbärmlichen Feiglinge! Ihr wißt ja nicht mal, wie man sich verteidigt. Ihr seid jämmerliche Schwächlinge!» Die Schüler schauten sich verdutzt an.

Als eine der Schülerinnen ruhig den Speisesaal verlassen wollte, rempelte sie ein Angreifer an und schnauzte: «Mädchen haben hier beim Kampfkunsttraining nichts zu suchen. Sie sind zu schwach. Kampfkünste sind nur für Männer.» Er stieß sie zur Seite, und sie blieb bestürzt und wütend stehen.

Später jätete einer der Schüler Unkraut im Biogarten, als ein Angreifer Erde auf sein *karate-gi* kickte und dabei in drohendem Ton sagte: «He, du Fettsack, kannst du das nicht im Stehen machen, oder bist du zu schwer dazu? Was ist los mit dir, du fetter Kerl, hältst du das nicht aus? Auf Dicker, warum frißt du nicht noch mehr, so wie ein Schwein, quiek, quiek!» Während der Angreifer lachend den Garten verließ, war der übergewichtige Schüler den Tränen nahe und sagte sich traurig: *Er hat recht. Ich bin wirklich ein großes, fettes Schwein!*

Den ganzen Tag lang beleidigten und verlachten die Angreifer die anderen Schüler, indem sie ihnen verletzende Namen zuriefen oder sich über ihr Aussehen, ihre Herkunft und ihre Schwächen lustig machten. An diesem Abend baten die Schüler um ein besonderes Treffen mit ihren Lehrern. Alle Schüler versammelten sich in der Halle, darunter auch die Angreifer, die vom Rest der Schüler getrennt zusammensaßen.

«Wir sind wirklich empört darüber, wie wir von den Angreifern behandelt werden», beklagte sich einer der älteren Schüler. Die Angreifer brachen in höhnisches Gelächter aus und warfen den anderen Schülern vor, schwach und feige zu sein. Der Cheftrainer und die Assistenten hörten schweigend zu.

«Sie haben uns beleidigt. Sie haben uns Schimpfnamen gegeben. Sie haben sogar meine Familie verspottet», beschwerte sich ein anderer Schüler mit emotionsgeladener Stimme. «Wie können sie so etwas tun? Wo sind ihre Manieren und ihre Freundlichkeit geblieben? Man hat uns doch beigebracht, freundlich und respektvoll miteinander umzugehen. Aber ihr Benehmen ist grob und flegelhaft.»

Die Angreifer hörten jedoch nicht auf mit ihren Beleidigungen: «Ihr Schüler seid miserabel in den Kampfkünsten. Ihr seid schwach und gehört nicht hierher zu den Starken», sagte einer ihrer Anführer in prahlerischem Ton.

Diese Bemerkung löste große Erregung aus. Die Schüler verloren die Fassung und begannen nun ihrerseits, mit den Angreifern zu streiten.

«Seht ihr die Feuerdrachen?» rief der Cheftrainer plötzlich mit lauter Stimme. Jeder hielt inne, und auf einmal herrschte Stille im Raum. Er wiederholte seine Frage: «Sind hier keine Feuerdrachen im Raum?»

«Paßt auf, oder ihr werdet verbrannt!» rief die Cheftrainerin.

Die Schüler schauten einander an, dann ihre Lehrer und zuletzt die Gruppe der Angreifer auf der anderen Seite.

«Bemerkt ihr, wie leicht ihr anzugreifen und zu besiegen seid? Ihr habt gelernt, euch gegen körperliche Gewalt zu wehren, aber wenn jemand eure Gefühle verletzt und euch beschimpft, seid ihr hilflos», fuhr der Lehrer fort. «Warum reagiert ihr so auf diese Beleidigungen? Was ist der Grund dafür, daß ihr euch verletzt fühlt und den anderen auch verletzen wollt? Wir haben früher schon mit euch darüber gesprochen. Erkennt ihr, wie wichtig dieser Test ist? Und könnt ihr die Probleme wahrnehmen, die durch solche Konflikte entstehen?

Was geschieht, wenn eine Gruppe von Menschen lächerlich gemacht wird? Was passiert, wenn eine Gruppe sich überlegen oder unterlegen fühlt? Können solche Konflikte nicht zur extremsten Art von Streit, nämlich zum Krieg, führen?»

Die Schüler saßen ganz still, denn sie begriffen die Wahrheit dieser Worte.

«Was hat all dies mit der Praxis der Kampfkünste zu tun? Könnt ihr erkennen, wie leicht die Saat des Konfliktes ausgestreut werden kann? Wenn ihr euch ein bestimmtes Bild von euch selbst macht, wenn ihr euch beurteilt, erkennt ihr dann, wie schutzlos ihr euch dadurch allen möglichen Angriffen ausliefert? Wenn ihr zum Beispiel Übergewicht habt und jemand euch ‹Fettsack› nennt, was wäre dann eine intelligente Antwort? Euch selbst zu verurteilen? Euch mit diesem Schimpfwort zu identifizieren und dadurch das Negativbild von euch als ‹fettes Schwein›, als ‹schlechter› Mensch zu verstärken? Oder schaut ihr nur darauf, ob diese Behauptung richtig oder falsch ist? Ihr könnt feststellen: ‹Ja, ich habe Übergewicht. Das ist eine Tatsache.› Oder ihr sagt euch: ‹Er hat unrecht. Ich bin nicht fett.› Beide Male ist es unnötig, sich zu verteidigen und zum Gegenangriff überzugehen. Könnt ihr erkennen, daß sich solche Situationen zu globalen Konflikten zwischen Volksgruppen und Nationen ausweiten können? Laßt uns eine Weile still sitzen und über das nachdenken, was sich da zwischen uns abgespielt hat.

Heute habt ihr eine ganz konkrete Lektion über die Wurzeln des Konflikts gelernt. Als Schüler der Kampfkunst solltet ihr fähig sein, dies zu begreifen und Konflikte mit friedlichen Mitteln zu lösen. Physische Konflikte sind das Ergebnis geistigen oder emotionalen Aufruhrs oder dessen, was oft als seelische Komplexe bezeichnet wird. Psychische Konflikte bilden die Wurzeln aller Formen physischer Gewalt. Erkennt die Wurzel, dann ergibt sich der Rest von selbst! Physische Gewalt wird enden, sobald ihr begreift, was ihr zugrunde liegt.»

Während der nächsten Tage gingen die psychischen Attacken weiter, bis die Schüler sie anhören konnten, ohne darauf zu reagieren. Zunächst zeigten sie sich auch äußerlich noch häufig verletzt und gekränkt. Nach einer Weile aber waren die inneren Verletzungen bedeutungslos, ja nichtig geworden. Ab und zu erhob ein Feuerdrache sein häßliches Haupt, aber nur um schnell wieder vergessen zu werden.

Die Schüler beobachteten die eigenen verletzten Gefühle in ihrem Entstehen und in ihrem Vergehen. Sie erkannten, daß Gefühle in Verbindung zu Gedanken stehen und Gedanken in Verbindung zu Bildern, die keine wirkliche Bedeutung haben. Es war nicht nötig, auf der Kränkung zu beharren und zum Gegenangriff überzugehen. Die Schüler lernten schließlich, wie sie sich gegen die raffiniertesten psychischen Angriffe schützen konnten, ohne sich zur Wehr zu setzen. Nun waren sie bereit, das Unerwartete zu erwarten.

Wenn du es suchst,
kannst du es nicht finden.

Alter Spruch

Das Tor zur Weisheit

Der Meister saß in seinem Zimmer, als es an die Tür klopfte.

«Wer ist da?» rief der Meister.

«Ihr Schüler Miguel», antwortete es von draußen.

«Geh fort!» erwiderte der Meister. Der Schüler ging, aber er kam am nächsten Tag wieder.

Er stand vor der Tür und klopfte.

«Wer ist es?» rief der Meister.

«Ich bin's, Ihr Schüler Miguel», antwortete er wieder.

«Geh fort!» erwiderte der Meister auch diesmal.

So ging es noch zwei Tage weiter. Am Vorabend des vierten Tages saß der Schüler eine lange Zeit in stiller Meditation. Im Morgengrauen stand er auf, ging zur Tür seines Lehrers und klopfte wieder.

«Wer ist da?» rief der Meister.

«Niemand», antwortete der Schüler.

Da öffnete sich die Tür, und vor ihm stand sein Meister mit strahlendem Lächeln.

«Oh, mein Lieber, bitte komm herein.»

Wenn du nicht hier und jetzt
glücklich bist,
dann wirst du es nie.

Deshimaru Taisen

Eine Begegnung, eine Chance

«Ihr habt nur eine Chance zum Angreifen. Es stehen euch zwei Minuten zur Verfügung, um einen Angriff zu beginnen und einen ganzen Punkt zu machen. Die Verteidiger müssen versuchen, den Angriff zu stoppen, bevor er beginnt. Die Angreifer müssen alles in diesen Angriff hineinlegen. Ihr alle habt nur eine Begegnung, nur eine Chance. Wie im Leben, so gibt es auch hier keine Wiederholungen. Alles ist nun ganz lebensecht. Es gibt kein Zurück, kein Verbessern. Die Vergangenheit ist vorbei wie ein Blitz, und die Zukunft kommt nie hier an. Was werdet ihr tun – hier und jetzt?»

«Anfangen!» kommandierte die Assistentin in der Mitte des Rings. Nachdem sie sich verbeugt und ihre Bereitschaftsstellung eingenommen hatten, gingen die beiden Schüler schnell und umsichtig in Kampfstellung. Während sie sich langsam und aufmerksam umkreisten, lauerten sie auf den rechten Moment, auf jene Lücke in der Mauer der Aufmerksamkeit, in die man eindringen konnte, um zu punkten. Oder auf jene blitzschnelle Wahrnehmung einer Absicht, genau in dem Augenblick, wo es losgehen sollte.

Das gegenseitige Belauern schien Ewigkeiten zu dauern. Der Verteidiger blieb in der Mitte und stellte sich ständig auf den Angreifer ein, der ihn umkreiste. Auf einmal, urplötzlich und blitzartig, gab es eine schnelle Bewegung – und alles war vorbei.

«Halt!» rief die Assistentin. «Du hast den Angriff rechtzeitig erkannt», sagte sie zu dem Verteidiger. «Du hast ihn beendet, noch bevor er begann. Das ist der Sinn von ‹Eine Begegnung, eine Chance›. Diese Kunst muß man beherrschen, wenn man alle Konflikte beenden will: so wachsam zu sein, daß man den Konflikt erkennt und beendet, bevor er ausgelöst wird.»

Die Katze, die auf dem Boden lag, sprang plötzlich von ihrem Ruheplatz auf, um ein vorbeifliegendes Blatt zu haschen. Sie untersuchte ihre Beute, spielte eine Minute damit und ließ das Blatt wieder fliegen, so, wie es gekommen war. Die Katze strolchte gemächlich davon, als ob nichts geschehen wäre, und ließ sich dann in einem sonnigen Gartenwinkel außerhalb der Übungshalle gemütlich nieder.

Eine Rose ist eine Rose
ist eine Rose.

Gertrude Stein

Die Kunst des Schweigens

Die Nacht war sehr kalt gewesen. Die Blätter fielen nun zahlreicher von den Bäumen, und der Wind wirbelte sie in einem bunten Tanz umher. Ein erster weißer Pinselstrich schmückte die Spitzen der majestätischen Berge. Noch mehr Wildgänse flogen in schwankender V-Formation, schreiend und einer unsichtbaren Führung folgend, im wolkenlosen, strahlenden Himmelsblau gen Süden.

«Was Sie uns sagen, liebe Lehrer, ist für uns manchmal schwer zu verstehen. Sie sprechen vom Leeren Ich, von Furcht und Tod und vom Frieden in der Welt. Und davon, was wir tun können, um Konflikt und Krieg zu beenden. Aber oftmals sind wir uns nicht darüber im klaren, was Sie uns eigentlich sagen wollen. Manchmal ergibt es für uns Sinn, und manchmal macht es uns verwirrt.»

«Liebe Schüler, ihr seid jung, und wir erwarten nicht, daß ihr alles versteht, was wir euch sagen. Wir sind jedoch ganz sicher, daß ihr irgendwann einmal alles, was wir euch erzählen, begreifen werdet. Aber ihr dürft nicht erwarten, daß das einfach ist. War es denn so leicht, die *katas* zu lernen? Es brauchte viel Zeit und Mühe. Dasselbe gilt auch für das Verstehen von Konflikt, Krieg und Frieden. Ihr habt euch darum zu bemühen! Aber wenn ihr das tut, wenn ihr es wirklich begreifen wollt, wenn es euch ernst damit ist, dann könnt ihr es auch herausfinden. Und während ihr euch darum bemüht, werdet ihr allmählich erkennen, welche gewaltigen Konsequenzen euer Training hier haben kann. Aber denkt immer wieder daran: Ihr sollt keineswegs nur glauben, was wir euch sagen. Findet alles selbst heraus durch Fragen und Forschen, und benutzt euren Verstand! Übt euren Geist genauso wie euren Körper! Die beiden sollten im Gleichgewicht sein. Die grauen Zellen zwischen euren Ohren müssen täglich trainiert werden! Wenn ihr, ohne zu fragen, einfach alles akzeptiert, was wir euch erzählen, wird euer Gehirn eingelullt. Dann lebt ihr in einer Welt der Träume oder sogar, wie zu befürchten ist, in einer Welt der Alpträume. Wacht auf, und erkennt die Wahrheit für euch selbst! Keiner kann euch das abnehmen.»

«Wir werden uns anstrengen, um es für uns selbst herauszufinden», sagte ein junger Schüler ganz ernsthaft, und die anderen nickten zustimmend.

Draußen jagte der Hund mit lautem Gebell hinter den Eichhörnchen her. Eine Spinne spann ein kunstvolles Netz in einer Fensterecke, ein Überlebensnetz mit herrlichem Muster. «Heute wollen wir ein Kampfkunst-Spiel spielen, das höchstes Können erfordert. Dieses Können kann nicht geübt werden wie eine *kata*. Es kann auch nicht ausgedacht, kopiert oder von anderen gelernt werden. Es kann sich nur einstellen, wenn alle Anstrengung und alles Probieren aufhören. Und doch müßt ihr es probieren und tun! Ich hoffe, ich verwirre euch nicht», sagte der Lehrer mit breitem Lächeln und schalkhaft blitzenden Augen.

«Jetzt möchte ich, daß ihr einen Kreis bildet, und dann brauche ich einen ersten Freiwilligen. Bitte stelle dich in die Mitte des Kreises, und lege dir diese Augenbinde an! Nun dreh dich im Kreis herum, bis ich halt sage! Halt!» Der Schüler stand still und wartete auf die nächsten Anweisungen seines Lehrers.

«Nun, liebe Schüler, wenn ich jetzt auf einen von euch zeige, soll er ganz langsam auf den Schüler in der Mitte zugehen, ohne daß man merkt, daß er sich bewegt. Der Schüler in der Mitte soll versuchen, die auf ihn zukommende Bewegung zu lokalisieren, indem er in diese Richtung zeigt. Wenn der Schüler in der Mitte es richtig gemacht hat, dann kehrt der sich anschleichende Schüler an seinen Platz zurück, und wir fangen wieder mit einem anderen an. Ich werde dem Schüler in der Mitte nicht sagen, ob es richtig war oder nicht; er muß es selbst ‹wissen›. Ihr müßt in der Lage sein zu spüren, zu ahnen, gewahr zu sein, wenn jemand auf euch zukommt, ohne daß ihr eure Ohren, Augen oder Hände benutzt.

Wenn es der Schüler in der Mitte falsch macht, kommt der andere immer

näher, bis er ihn berühren kann. Nun laßt uns anfangen! Anschließend wollen wir darüber sprechen, was diese Übung für die Kampfkunst bedeutet.»

Der Schüler in der Mitte stand ganz still und lauschte angespannt auf irgendein Signal. Mit angehaltenem Atem achtete er auf das geringste Anzeichen einer Bewegung oder eines Geräuschs. Das Vogelgezwitscher draußen, das Knarren des Fußbodens, der Wind, der gelegentlich gegen die Fenster blies, das Knistern des Feuers – jedes auch noch so leise Geräusch wurde nun verstärkt wahrgenommen. Sein Herz schlug laut, und selbst das Atmen der anderen war zu hören. Und jeder noch so schwache Juckreiz oder Schmerz wurde um so lästiger, je länger das Spiel dauerte.

Jeder durfte einmal in die Mitte. Manchmal wurde der sich heranpirschende Schüler bemerkt, manchmal nicht. Das wahre Ziel dieses Spiels trat immer klarer hervor. Durch die erhöhte stille Wachsamkeit und die gesteigerte Sensibilität entdeckten die Schüler ihre Fähigkeit, auf einer anderen Ebene wahrzunehmen, einer Ebene jenseits des Denkens und Überlegens. Dieses reine Beobachten führte zur Entdeckung der Fähigkeit, sich selbst und den anderen im Augenblick wahrzunehmen und zu verstehen, ohne sich irgend etwas dazu zu denken.

Wie durch ein ungewöhnlich starkes Vergrößerungsglas wurden ihre Sinneswahrnehmungen geschärft, so daß sie Dinge wahrnehmen konnten, derer sie sich sonst nicht bewußt waren. Und bei der Aufgabe, jemanden, der sich anschlich, zu erspüren, lernten sie, daß sie über eine Art eingebauter Antenne verfügten, mit der sie andere davon abhalten konnten, ihnen zu nahe zu kommen.

«Was habt ihr bei dieser Übung bemerkt?» fragte der Lehrer. Der Reihe nach sprach jeder Schüler über das, was ihm vorher nicht bewußt gewesen war. Was alle ganz besonders überrascht hatte, war ihre Fähigkeit wahrzunehmen, wenn ihnen jemand ganz nahe kam, ohne etwas zu sehen, zu hören oder zu berühren.

«Du da, geh langsam auf mich zu!» forderte der Lehrer einen der Schüler auf. «Halte da! Du bist gerade dabei, meinen persönlichen Sicherheitskreis zu betreten. Jeder von uns hat einen solchen Kreis. Wenn ihr euren Arm ausstreckt, werdet ihr sehen, wo der Rand dieses Kreises verläuft. Normalerweise ist es eine Armeslänge und ein paar Zentimeter mehr. Ihr könnt Freunde in diesen Kreis einladen oder sie fernhalten. Das liegt bei euch. Es ist euer Kreis, ein Energiefeld, das euch umgibt und euch dazu verhilft wahrzunehmen, wen oder was ihr fernhalten oder hereinlassen wollt.» Alle Schüler versuchten nun herauszufinden, wie groß ihre persönlichen Kreise waren, indem sie aufeinander zugingen.

«Nun sagt mir, warum machen wir diese Übung? Was bedeutet sie für euch, sowohl für euer Kampfkunsttraining als auch für den Alltag? Am Anfang der heutigen Stunde habt ihr uns gesagt, wie schwer es manchmal sei, alles, was wir euch lehren, zu begreifen. Ihr habt gemerkt, daß es nötig ist, daran zu arbeiten, es wirklich zu wollen, Fragen zu stellen und es allein herauszufinden. Dazu gehört auch, daß ihr sensibel, wachsam und aufnahmebereit für alles um euch herum sein müßt, ohne euch auf das Denken, Hören, Sehen oder Berühren zu verlassen. Sensibilität in einem ganz praktischen Sinne ist nötig, um zu ‹fühlen›, was der andere vorhat. Ihr könnt fühlen, ob etwas richtig oder wahr ist oder nicht. Ihr könnt fühlen, was gefährlich oder was freundlich ist. Das ist in euch eingebaut; ihr seid damit geboren. Ihr könnt diese Sensibilität nähren wie einen frisch gepflanzten Keimling. Ihr könnt ihm Wasser und Sonnenlicht geben, und dann wird er ganz einfach von selbst wachsen. Sensibilität ähnelt diesem kleinen Keimling: Sie braucht Pflege, aber keinen Zwang. Die Sensibilität schärft euer Gewahrsein, so daß ihr Konflikte in euch selbst und in anderen fühlen könnt. Nichts weiter ist nötig, als den Konflikt wahrzunehmen, wenn er ausgelöst wird, und dabei nichts dagegen zu tun. Versucht es und findet heraus, was sich ereignet! Schaut, was mit dem Konflikt geschieht, wenn er mit Sensibilität, mit einer gewissen Behutsamkeit wahrgenommen wird. Beobachtet auch, was vor sich geht, wenn das Denken sich dazwischenschaltet und urteilt, so wie man es euch immer wieder beigebracht hat. Erkennt den Unterschied zwischen stiller Bewußtheit und rationalem Urteilen, wenn ihr Konflikte verstehen und über sie hinausgehen wollt!»

Als er auf den Gesichtern der Schüler ein paar Fragezeichen bemerkte, fügte der Lehrer hinzu: «Denkt daran, findet den Sinn des Ganzen für euch selbst heraus! In diesem Moment mag es euch zu schwierig erscheinen, aber sobald ihr nachzuforschen beginnt, wird alles ganz einfach. Den Konflikt zu beenden scheint ein Ding der Unmöglichkeit zu sein. Aber es ist nicht aussichtslos, es kann wirklich geschehen.»

*Die Menschen schlafen,
und wenn sie sterben,
werden sie wach.*

Mohammed

Ketten der Freiheit

Der Fluß floß rasch über die Felsen, die von der jahrelangen Strömung des Wassers glatt und sauber poliert waren. Die Zweige der Weidenbäume neigten sich herab bis zum Ufer. Aus dem Unterholz hoppelte ein Kaninchen, hielt plötzlich inne und stand bewegungslos still, bis auf das Zucken seiner Nase. Seine senkrecht aufgestellten Ohren lauschten auf jedes Geräusch. Die fast blattlosen Bäume ragten düster in einen stahlgrauen Himmel. Die Erde war kalt und naß vom Sturm der vergangenen Nacht. Das Wachstum in der Natur verlangsamte sich, und die Tiere liefen geschäftig umher, um Nahrung für die kommende lange und kärgliche Jahreszeit zu sammeln. Auf einer Lichtung saßen die Lehrerin und ein Schüler auf zwei großen Felsbrocken.

«*Sensei,* was ist der Weg zur Freiheit? Wie können wir frei werden von unserer Furcht, unserem Schmerz, unserer Genußsucht und unseren Wünschen? Denn in alledem liegt großes Leid», so fragte der Schüler ohne Umschweife.

Die Lehrerin schloß ihre Augen für einen Augenblick; sie schien zu schlafen oder zu ruhen. Als sie die Augen wieder öffnete, bat sie: «Zeige mir deine Ketten!» Mit überraschtem Gesichtsausdruck entgegnete der Schüler: «*Sensei,* ich habe gar keine Ketten!»

«Warum suchst du dann nach Freiheit?» sagte die Lehrerin sanft mit einem freundlichen Lächeln.

Der Vogel des Paradieses setzt
sich nur auf die Hand,
die nicht greift.

John Berry

Das Geheimnis der Kampfkünste

Der Schüler war gerade damit beschäftigt, auf seinen Knien rutschend den alten Holzboden der Übungshalle zu polieren, als die Cheftrainerin hereinkam.

Jeden Tag wurde der Boden gekehrt, aufgewaschen und poliert, bis er vor Sauberkeit glänzte.

Das jahrelange Reiben hatte das Holz so weit abgeschliffen, daß seine verborgenen Linien und Risse in einem herrlichen natürlichen Muster sichtbar geworden waren.

Jedem Schüler wurde eine Wochenaufgabe übertragen. Jede dieser Pflichten galt als Ehre, und die Schüler nahmen sie mit Stolz auf sich. Jedoch war das nicht von Anfang an so gewesen. Viele der neuen Schüler lehnten diese Arbeiten zunächst ab, aber nach einer Weile begannen auch sie, Sauberkeit und Ordnung zu schätzen. Das Polieren des Hallenbodens galt als eine ganz besonders ehrenvolle Aufgabe; sie wurde von den talentiertesten Schülern übernommen.

Der Schüler unterbrach seine Arbeit und verbeugte sich in kniender Haltung vor seiner Lehrerin. Sie verbeugte sich ihrerseits im Stehen.

Der Schüler sagte: «Entschuldigen Sie, *sensei,* darf ich Sie etwas fragen?»

«Ja, natürlich», erwiderte die Lehrerin und setzte sich dem Schüler gegenüber auf den Boden.

«*Sensei,* ich habe ständig nach dem Geheimnis der Kampfkünste und damit auch nach dem Geheimnis des Lebens gesucht.»

«Das weiß ich», antwortete die Lehrerin.

«Kennen Sie das Geheimnis der Kampfkünste und des Lebens?» fragte der Schüler voller Erregung und Erwartung.

«Ja, ich kenne es», erwiderte die Lehrerin.

«Bitte, *sensei,* verraten Sie mir dieses Geheimnis!»
«Oh, das geht nicht», meinte die Lehrerin lächelnd.
«Warum nicht?» wollte der Schüler wissen.
«Weil es ein Geheimnis ist», antwortete die Lehrerin.

Ein jeder sitzt auf dem besten Platz.

John Cage

Das Wutgebrüll des Feuerdrachen

Sie wanderten durch den nächtlichen Wald. Nur zwei Laternen erhellten ihren Weg, die eine am Anfang, die andere am Ende des Zuges. In dieser Nacht sollten sie dem Feuerdrachen in sich selbst begegnen und sein Wutgebrüll hören. Es würde eine unvergeßliche Nacht werden.

Das gelbe Licht der beiden Laternen durchdrang die Finsternis. Auf einem blattbedeckten Pfad bewegte sich eine lange Reihe von schattenhaften Gestalten in *karate-gis* vorwärts. Die kahlgefegten hohen Bäume ragten wie knochige Finger in den Himmel empor. Der Abend war so kalt, daß sie fröstelten und sich warmreiben mußten.

Der Cheftrainer führte den Zug an, während die Cheftrainerin am Ende auf die Nachzügler aufpaßte. Über eine Stunde lang wanderten sie schweigend, bis sie zu einer kleinen Lichtung kamen, die zu einer Gruppe von großen Felsblöcken abfiel. Sie bewegten sich auf die dunklen, massigen Felsen zu. Beim Näherkommen bemerkten sie eine weite Öffnung zwischen den Felsen, den Eingang einer Höhle. Die Gruppe hielt an. Plötzlich erhob sich ein Schwirren in der Luft, als Hunderte von schwarzen, geflügelten Wesen aus dem Höhleneingang hervorgeschossen kamen und in der Dunkelheit der Nacht verschwanden. In Erwartung des Kommenden standen die Schüler mit weit geöffneten Augen da.

«Drinnen, ihr Schüler, erwartet euch der Feuerdrache mit seiner ganzen Wut. Heute nacht wird euer Mut geprüft, und ihr werdet ihn brauchen.» Die Schüler erschauerten, teils vor Kälte, teils wegen der Andeutung ihres Lehrers. Dann wurden sie ins Innere der Höhle geführt.

Erstaunt stellten sie fest, wie hoch die Wände waren. Als sie hineinkamen, verspürten sie einen abgestandenen, feuchten, moschusähnlichen Geruch. An der Decke bemerkten sie handgroße dunkle Flecken. Die Lehrerin hob ihre Laterne in die Höhe, und der Lehrer klatschte in die Hände. Plötz-

lich kam Leben in Decke und Wände, als die schwarzen Flecken davonflogen und sie umkreisten.

«Fledermäuse!» platzte einer der Schüler heraus. «Huch!» rief ein anderer erschreckt.

«Seid still! Sie werden sich wieder setzen, wenn wir weitergehen.»

In einem dunklen, schlüpfrigen Gang tasteten sie sich tiefer in die Höhle hinein, weiter weg von der freundlichen Nacht da draußen. Durch eine zweite Öffnung stiegen sie nach unten und gelangten in einen Raum, der so groß war, daß alle sich ungehindert darin bewegen konnten.

«Hier unten habt ihr nur eine Waffe, euren *kiai*», erklärten ihnen die beiden Lehrer. Die Schüler erinnerten sich an das vorangegangene Training, bei dem es um den *kiai* gegangen war, jenen besonderen Kampfschrei, dessen man sich bei allen Arten von Kampfkunsttechniken bedienen kann.

«Der *kiai* übt eine doppelte Wirkung aus», hatte ihnen ihr Lehrer erläutert. «Er macht eure Techniken kraftvoller, indem er die Bauchmuskeln beim Abwehren, Angreifen, Werfen oder Treten spannt. Aber der *kiai* hat noch eine zweite Wirkung, die etwas schwerer zu begreifen ist.» Die Schüler waren mit großem Interesse dabei, denn sie hatten die Kraft des *kiai* beim Training erlebt.

«Der *kiai* kann auch dazu eingesetzt werden, euren Gegner beim Angriff zu stoppen, indem er ihm einen Schrecken einjagt oder ihm einen Schock versetzt. Es ist, als ob man einen Eimer eiskaltes Wasser über den Kopf bekommt; man wird wach. Der *kiai* holt den Menschen aus seiner Traumwelt, aus dem Alptraum, den er durchlebt. Er ist ein wichtiges Werkzeug, das euer Überleben sichern kann. Heute nacht werdet ihr wirklich erfahren, was der *kiai* in diesem zweiten Sinne bedeutet. Ihr werdet ihn brauchen, wenn ihr der Wut des Feuerdrachen entgegentretet.»

Das Echo dieser Worte klang noch lange in ihren Köpfen nach. Doch als plötzlich die Laternen ausgingen, wurden sie in die Wirklichkeit der Höhle zurückgeholt.

Die nachfolgende Stille schien ewig zu dauern. Man hatte die Schüler angewiesen, nicht zu sprechen, und auch die beiden Lehrer schwiegen. Die Dunkelheit war so total, daß man nicht einmal eine Hand vor den Augen sehen konnte. Da gab es absolut kein Licht und kein Geräusch. Jeder stand mucksmäuschenstill.

Ganz langsam begann dann etwas in dem steinernen Saal der Höhle tief unter der Erde zu wachsen. Es wurde größer und größer. Jeder konnte es wachsen fühlen und seine bedrohliche Anwesenheit ahnen. Keiner wagte sich zu regen. In dieser äußersten Finsternis merkten die Schüler kaum etwas von der Anwesenheit ihrer Kameraden, so völlig allein schien jeder zu stehen. Und irgend etwas wuchs immer weiter, bis es den ganzen Raum in der Höhle ausfüllte. Es wurde so riesig, daß sich jeder von seiner gewaltigen Gegenwart fast erstickt fühlte.

Das war der Feuerdrache!

Heftige, überwältigende Furcht! So groß war die Furcht, daß sie alle aufschreien und blindlings wegrennen wollten. Der Feuerdrache hatte sie ganz in seiner Gewalt; sie konnten ihn nicht aufhalten. Dann plötzlich, aus diesem absoluten Grabesdunkel heraus, hörten ihre Ohren den lautesten und tiefsten Schrei, den sie je vernommen hatten: einen gewaltigen *kiai.* Wie eine riesige Flutwelle stieg er aus den Tiefen der Seele auf, erhob sich und hallte so voll in jener Höhle wider, daß alle Furcht im Bruchteil einer Sekunde verschwand. Die Wirkung des explosionsartigen *kiai* brachte den Feuerdrachen auf einen Schlag zum Verschwinden. Und nun ertönte ein zweiter *kiai* voll ungeheurer Kraft. Ein mächtiger, durchdringender Schrei, der Wände und Gehirn erzittern ließ.

Der gefürchtete Feuerdrache war auf der Flucht.

«*Kiai!*»

«*Kiai!*»

Ein *kiai* folgte dem anderen, bis die Höhle sich aus dem Dunkel nach oben zu öffnen und der Himmel zu ihnen hinabzureichen schien. Bevor sie es richtig merkten, standen sie wieder draußen an der Oberfläche. Unter ihnen lag die Höhle, in der immer noch der Donner des *kiai* widerhallte.

Der volle Mond ging über ihnen auf. Sie alle spürten, wie eine gewaltige Energie sie durchpulste, und sie konnten klar in die Nacht schauen. Jede Spur von Angst war verflogen. Ohne das Licht der Laternen wanderten sie zurück zum Lager, alle erfüllt von neugewonnener Stärke, die sie niemals vergessen oder verlieren würden.

Wer weiß, daß er nicht weiß,
ist der Höchste.
Wer vorgeblich weiß,
was er nicht weiß,
ist geistig krank.

Lao Tzu (71. Spruch)

Der vollkommene Meister

Der Lehrer holte gerade eine Teetasse vom Regal, als er es an die Tür klopfen hörte.

«Herein», rief er freundlich.

«Guten Tag, *sensei*.Ich bringe Ihnen Ihren Nachmittagstee.» Die Schülerin stellte das Tablett auf den niedrigen Tisch. Sie schaute sich um und sah, wie einfach der Raum eingerichtet war – und doch bemerkte sie auch die große Schönheit des schlichten Zimmers.

«Willst du nicht eine Tasse Tee mit mir trinken?» fragte der Lehrer das Mädchen.

«Danke, gern, *sensei*. Ich weiß die Einladung eines so großen und vollkommenen Meisters wie Sie zu schätzen.»

Der Lehrer mußte lächeln, als er diese großen Worte aus dem Mund seiner Schülerin hörte.

Wie sie so saßen und ihren Tee in kleinen Schlucken genossen, bemerkte die Schülerin, daß außer einem Aquarell mit einem Blumenstrauß keine Bilder an den Wänden hingen. «Haben Sie denn kein Bild von Ihrem eigenen Lehrer, dem großen und perfekten Meister, von dem Sie gelernt haben?» fragte die Schülerin höflich.

«Oh, gewiß. Es ist äußerst wichtig, daß ich diesen großen und allwissenden Meister jeden Tag vor mir sehe», erwiderte der Lehrer lächelnd. «Schau dort hinter den Vorhang, und du wirst den vollkommen erleuchteten Meister erblicken.» Die Schülerin stand auf und ging hinüber zum Vorhang. Als sie ihn zur Seite zog, erblickte sie sich selbst in einem Spiegel.

Denn siehe, das Reich Gottes ist in eurer Mitte.

Lukas 17,21

Geist – Atem – Körper

Ein kalter, klarer Morgen dämmerte herauf. Langsam wich die Dunkelheit dem Licht, in einem fließenden, natürlichen Übergang, bei dem es keine Unterbrechung gab. Es war eine Zeit der Ruhe. Noch regten sich die Vögel nicht, und der Mond schwebte noch am Himmel. Die Erde unter ihren Füßen fühlte sich fest, hart und gut an, als Schüler und Lehrer gemächlich den kurzen Pfad entlanggingen, der zum Übungsplatz auf der offenen Wiese führte. Der frühmorgendliche Nebel umhüllte sie. Ihre Körper waren noch warm vom Schlaf; daher fiel ihnen die Kälte nicht lästig. Das tägliche kurze Morgentraining machte sie wach für den ganzen Tag.

Auf der Lichtung angekommen, verteilten sich Schüler und Assistenten gleichmäßig auf der Wiese, damit jeder genug Platz hatte und sich frei bewegen konnte. Die Sonne begann über den Horizont zu steigen. Gelegentlich sah man einen Vogel von Baum zu Baum fliegen. Bald würde der Nebel vollständig verschwinden.

«Heute wollen wir üben, wie wir denken, atmen und uns bewegen sollen. Dies nennen wir ‹Geist – Atem – Körper›; es bildet einen wichtigen Teil eures Trainings.» Mit diesen Worten brach einer der Lehrer das Schweigen.

«Der Atem ist stark und mächtig wie Wasser, der Körper ist wie ein Fels, die Erde oder ein Berg. Im Geist entsteht ein Gedanke, der an den Körper weitergegeben wird: ein Impuls zum Bewegen, zum Handeln. Wenn ihr zum Beispiel abwehrt, werft oder eine *kata* übt, dann gibt es meistens nur den Gedanken und die Handlung. Die Handlung wird durch den Willen in Gang gesetzt, weil ihr wollt, daß sie geschieht. Deshalb setzt ihr ziemlich viel Muskelkraft ein, um zu erreichen, was ihr anstrebt. Aber es gibt etwas anderes, das es euch ermöglicht, noch kraftvoller und gleichzeitig müheloser zu handeln: den Atem. Macht nun folgendes Experiment: Sucht einen Partner, und stellt euch hinter ihn! Hebt ihn dann an den Ellbogen in die Höhe! Ihr müßt dabei etwas in die Knie gehen, eure Hände unter die gebeugten Ellbogen eures Partners legen und dann nach oben drücken. Nun habe ich euch eine Anweisung erteilt, das heißt einen Gedanken vermittelt. Ihr müßt euren Gedanken ausführen. Fangt an!»

Jeder versuchte nun, seinen Partner an den Ellbogen in die Höhe zu heben. Nur wenige konnten ihn ganz nach oben stemmen, weil sie körperlich stärker als andere waren. Die meisten konnten ihn nur ein Stück hochdrükken, und einige taten sich schwer, den Partner überhaupt anzuheben.

«Gut, paßt jetzt auf! Nun wollen wir den Atem zur Hilfe nehmen. Der Versuch, den Partner allein mit der Kraft der Gedanken hochzuheben, ist wie der Wind, der Berge versetzen will. Dazu ist mindestens ein Hurrikan nötig, und es wird eine Menge unnötige Anstrengung kosten. Aber wenn ihr zwischen Vorstellung und Handlung den Atem einsetzt, dann fügt ihr die Kraft des Wassers hinzu. Der Atem ist sehr kraftvoll und kann auf Muskeln verzichten. So, paßt nun gut auf! Stellt euch vor, daß ihr euren Partner hochheben wollt. Geht etwas in die Knie, und legt eure Hände unter seine Ellbogen. Dabei haltet ihr eure Ellbogen dicht am Körper und benutzt euren Atem als Hebel. Hebt mit dem Atem! Setzt einen langen, gedehnten *kiai* ein, von unten aus dem Bauch, tiefer und gleichmäßiger als der übliche *kiai*. Probiert es nun!»

Jeder versuchte nun, mit Hilfe eines langgedehnten *kiai* seinen Partner hochzuheben. Und zu ihrem Erstaunen fanden alle es diesmal viel leichter. Manche konnten ihren Partner zwar noch nicht ganz hochstemmen, aber es ging besser als zuvor und kostete weniger Mühe.

«Ihr alle seid vertraut mit der Wirkung des *kiai,* des kurzen, starken Kampfschreis, mit dessen Hilfe ihr zusätzliche Kraft entwickelt, indem ihr die Bauchmuskeln zusammenzieht. Die andere Art von *kiai* ist diesem ähnlich, nur ist der Atem dabei länger und gedehnter. Über den Atem, das *ki* in *kiai,* gibt es eine Menge zu lernen. Im Verlauf des Übens werdet ihr merken, wie der Atem Geist und Körper beruhigt, abkühlt, belebt und stärkt. *Ki* gibt dem Leben mehr Vitalität und innere Kraft. Beachtet, daß Selbstverteidigung nur einen sehr kleinen Teil eures Trainings ausmacht! Die Übung der Kampfkünste ist eine Lebensaufgabe; sie soll euch bei allem, was ihr tut, von Nutzen sein. Sie wird euch körperlich und geistig gesünder machen. Nun laßt uns wieder üben: Körper – Atem – Geist, Körper – Atem – Geist.»

Der Geist eines vollkommenen Menschen ist wie ein Spiegel.
Er ergreift nichts. Er erwartet nichts.
Er wirft zurück, hält aber nicht fest.
Daher kann der Vollkommene mühelos handeln.

Chuang Tzu

Nicht-Tun

Eines Nachmittags gingen zwei Schülerinnen nach dem Training spazieren und kamen dabei auf einen kleinen Hügel, der sich über einer Lichtung erhob. Als sie von dort auf die Wälder und das Tal hinabschauten, sahen sie nicht weit von ihnen entfernt ihren Lehrer stehen.

«Ich möchte nur wissen, was er da ganz allein macht», sagte die eine Schülerin.

«Vielleicht wartet er auf jemanden», meinte die andere.

«Nein. Es sieht eher so aus, als würde er etwas suchen», sagte die erste.

«Nein. Ich bin sicher, daß er auf jemanden wartet», beharrte die zweite Schülerin.

«Nun gut, warum fragen wir ihn nicht?» rief die erste aus. Die beiden Mädchen gingen dorthin, wo ihr Lehrer stand.

«Entschuldigen Sie, *sensei,* könnten Sie uns vielleicht sagen, was Sie hier machen?» fragte eine der Schülerinnen ganz höflich.

«Gerne», erwiderte der Lehrer und schaute dabei seine Schülerinnen an. «Ich stehe auf diesem Hügel.»

Kein Ding ist geheimnisvoll.
Das Geheimnis ist das Auge.

Elisabeth Bowen

Abschiedsworte

«Nun seid ihr am Ende dieser Trainingszeit angelangt. Wir möchten gern wissen, was ihr über euch selbst und das Labyrinth des Feuerdrachen gelernt habt.»

Kerzen, aus denen Wachs auf die hölzernen Halter tropfte, erleuchteten die Übungshalle. Schatten tanzten über die Wände, flackernd in niemals endender Bewegung. Alle Schüler, die Assistenten und die beiden Cheftrainer hatten sich hier versammelt. Es war eine lange Zeit der Herausforderungen und des Lernens gewesen, die sie körperlich stärker und geistig klarer gemacht hatte. Jeder Schüler fühlte sich nun reifer und wissender, und es schien ihnen, als seien sie während ihres Aufenthalts hier erwachsener geworden. Ein älterer Schüler hatte einmal zu ihnen gesagt, daß man im Leben ständig weiterwachse und etwas klüger als vorher werde, aber nur, wenn man es ernst meine und sich dafür einsetze.

«Ihr Lehrer», so begann einer der älteren Schüler zu sprechen, «habt uns viel gegeben. Wir haben zusammen gewohnt, gegessen, gearbeitet, gelernt und sind gemeinsam gewachsen. Wir haben erkannt, daß man im Leben nie an den Punkt kommt, wo man anhalten und sagen kann: ‹Ich weiß alles, was es zu wissen gibt, ich brauche nicht weiterzugehen.›» Alle hörten aufmerksam zu, denn dieser Schüler sprach ihnen aus dem Herzen.

«Allmählich begreifen wir, was die Herausforderungen des Lebens sind, wie viele Fallen es auf dem Weg gibt und wie viele Feuerdrachen, die uns packen und verschlingen wollen. Nun haben wir erkannt, wie unsere Gehirne mit Gedanken und Gefühlen angefüllt sind, die uns durch unsere Familien, durch Freunde, Bücher und Erziehung eingeprägt wurden. Obwohl unsere Köpfe mit diesen Gefühlen und Gedanken vollgestopft sind, wissen wir nun, daß wir nicht gezwungen sind, uns nach ihnen zu richten, sondern daß wir uns von ihrem Einfluß frei machen können.»

Alle fühlten, daß dieser Schüler die Wahrheit sprach, daß das, was er beobachtet und gelernt hatte, für sie alle galt, daß das Labyrinth des Feuerdrachen für etwas steht, das jeden angeht und das nicht bloß ein individuelles Problem ist. Dank dieser Einsicht waren sie in der Lage, die verschiedenen Situationen in ihrem Leben vorurteilslos zu betrachten, und ohne das Gefühl, von den anderen Menschen isoliert zu sein.

«Wir haben erkannt, daß wir die Welt sind und die Welt wir ist und daß wir für sie verantwortlich sind. Wir schaffen die Wirklichkeit durch die Art und Weise unseres Denkens und Fühlens. Dies ist eine bedeutsame Einsicht. Wir wissen nun viel besser, wie wir mit Konflikten umgehen können, und das nicht nur in unserem Alltag, sondern auch in der Welt. Wir haben begriffen, daß wir es sind, die Konflikt und Krieg auslösen, aber auch beenden können. Wir haben nun erkannt, wie die Kampfkünste dazu beizutragen vermögen, daß wir die bedrückenden Sorgen der Menschen besser verstehen. Und wir beginnen erst den großen Wert dessen zu ahnen, was wir bei Ihnen gelernt haben. Wir haben genug Vertrauen in unsere Fähigkeit gewonnen, Konflikte zu verstehen und zu beenden. Wir sind uns darüber im klaren, daß uns dies möglich ist. Und für dieses alles danken wir Ihnen!»

Stille herrschte in der Übungshalle. Einige Minuten lang saßen alle schweigend da und dachten über das Gehörte nach.

«Schluß jetzt! Schaut nicht zurück! Achtet nicht darauf, ob das, was ihr denkt, richtig oder falsch ist», rief einer der Lehrer plötzlich mit Donnerstimme. «Erwartet das Unerwartete! Seid wachsam! Schaut, beobachtet und lernt, während ihr weitergeht, aber laßt euch nicht von dem, was ihr seht, binden! Fürchtet es nicht, begehrt es nicht! Schmerz und Lust sind ein zweischneidiges Schwert. Jede Seite wird euch verletzen. Begreift ihr das? Antwortet ihr mit Ja, so weiß ich, daß ihr nicht verstanden habt. Antwortet ihr mit Nein, dann werdet ihr ohne Ende im Labyrinth des Feuerdrachen gefangen sein. Was sagt ihr dazu?»

Der ältere Schüler stieß einen lauten und mächtigen *kiai* aus und sprang zugleich in Kampfstellung. Alle Schüler folgten geschlossen seinem Beispiel. Die Übungshalle erbebte von einer gewaltigen Welle der Energie, die nicht einmal eine Haaresbreite Raum zwischen ihnen ließ. Als der Schrei verebbte, setzten sich die Schüler auf den Boden, zur Wand gerichtet, mit gekreuzten Beinen. Jeder legte die Hände in den Schoß, senkte den Blick und richtete den Rücken auf, um nach innen zu schauen. Nur zu schauen!

Und das Wasser fließt
Weiter und weiter
Vom Nichts zum Nichts.

An die jungen Leser

Ihr habt gerade den zweiten Band der *Erzählungen der Meister der Leeren Hand* in der Reihe ‹Kampfkünste für den Frieden› zu Ende gelesen. Wenn euch in diesem Buch etwas unklar ist, dann wendet euch bitte mit euren Fragen an einen vertrauenswürdigen Lehrer, an eure Eltern, an einen klugen Freund oder schreibt mir (an die weiter hinten folgende Adresse). Es ist gut, Fragen zu stellen. Durch Fragen werdet ihr für euch selbst herausfinden, was wahr ist und was nicht. Glaubt nicht alles, was in diesem Buch geschrieben steht. Glauben ist gefährlich. Macht euch die Mühe, es selbst zu ergründen! Das ist gewiß eine schwere Aufgabe, und viele werden es nicht versuchen wollen. Aber da wir uns der Kampfkunst widmen, sind wir an Herausforderungen gewöhnt. Wir sind bereit zu lernen, und sei es auch noch so schwierig, denn Lernen ist Leben. Ohne zu lernen, würde man sich schlafen legen und im Labyrinth leben, verloren für die wirkliche Welt, verstrickt in selbstgemachte Träume von Lust und Leid. Die wirkliche Welt ist von bezaubernder Schönheit. Nichts läßt sich damit vergleichen. Wie könnt ihr wissen, ob das wahr ist? Wie werdet ihr das herausfinden? Das ist eure Sache, aber denkt daran: Es gibt auf eurem Weg wohlmeinende Lehrer, die euch die Richtung weisen.

An die erwachsenen Lehrer

In diesem Buch und in all meinen Büchern ist es mein wichtigstes Anliegen, zu zeigen, daß wir Konflikte begreifen und beenden können, auf individueller und auf globaler Ebene. Die Konflikte und Kriege, die die Menschheit seit Jahrtausenden quälen, könnten enden, wenn wir uns ernstlich um ein Verständnis ihrer Ursachen bemühten.

Allzuoft haben wir den Versuch unternommen, Konflikte auf intellektuelle Weise beizulegen. Um Lösungen für die Probleme des menschlichen Zusammenlebens zu finden, wenden wir uns an Autoritäten, wie Psychologen, Philosophen, religiöse Führer, Politiker, Soziologen, Historiker und Anthropologen. Wir haben darauf verzichtet, die Mittel unseres eigenen Verstandes zu benutzen. Man hat uns die Überzeugung eingeimpft, daß wir als Durchschnittsmenschen Autoritäten brauchten, um unsere Beziehungsprobleme zu lösen. Ich stelle diese Annahme in Frage.

Ich denke, der einzige, der unsere Probleme lösen kann, ist jeder einzelne selbst. Wir erzeugen unsere eigenen Probleme und die Probleme in der Welt. Wir müssen für uns selbst herausfinden, was wahr ist und was nicht, und was funktioniert und was nicht. Wenn wir die Lösung bei irgendwelchen Autoritäten suchen, dann erhalten wir nur eine rationale Erklärung oder ein moralisches Gebot. Paradoxerweise erzeugen beide noch mehr Konflikte, weil sie dazu führen, daß man über das tatsächliche Verhalten urteilt oder ein erwünschtes Verhalten idealisiert. Dies trennt die Menschen und löst nur noch mehr Konflikte aus.

Statt dessen haben wir die Möglichkeit, das Problem zu untersuchen, so, wie es sich tatsächlich zeigt. Und das heißt, im betreffenden Augenblick selbst, weder rückblickend noch vorausschauend, sondern hier und jetzt, während das Geschehen abläuft. Die Fähigkeit, die wir brauchen, um unsere zwischenmenschlichen Probleme zu lösen, ist Intelligenz oder Einsicht, das heißt, die Fähigkeit zu sehen, zu beobachten und bewußt wahrzunehmen, was geschieht, während es geschieht. Um Konflikte zu verstehen, sollten wir dazu weder Theorien aufstellen noch Moral predigen. Wir müssen mit dem Geschehen in direkte Berührung kommen und seinen Verlauf, sein Wesen und seine Struktur in ihrer Wirkungsweise beobachten.

Durch die Ausübung der Kampfkünste können wir lernen, die Wirkungsweise von Konflikten zu beobachten, denn schließlich sind sie Künste des Streits und des Kriegs. Richtig gelehrt, kann eine Kampfkunst einen nützlichen Rahmen abgeben, in dem sich der tatsächliche Verlauf von Konflikten erforschen läßt.

Über den Autor

Dr. Terrence Webster-Doyle ist der Gründer und Cheftrainer des Take Nami Do Karate und der Direktor des Shuhari Instituts, einer Schule für Kampfkünste. Er hat über 30 Jahre lang Karate geübt und gelehrt, ist Doktor der Psychologie sowie diplomierter Lehrer für höhere Schulen und Colleges. Der Schwarzgurt im japanischen Stil des Gensei Ryu Karate wurde ihm 1967 von Meister Numano verliehen. Er hat bei der Bekämpfung der Jugendkriminalität mitgearbeitet, an Hochschulen Erziehung, Psychologie und Philosophie gelehrt und Beratungsprogramme für Jugendliche entwikkelt. Zur Zeit ist Dr. Webster-Doyle Direktor der Atrium Society, die zum Ziel hat, das Verständnis für zwischenmenschliche Beziehungen und für ein friedvolles Zusammenleben zu fördern. Er und seine Frau Jean haben fünf Töchter.

Wenn Sie mit dem Autor in Kontakt treten möchten, wenden Sie sich bitte an folgende Adresse:

Atrium Society
P. O. Box 816
Middlebury, Vermont 05753
USA
Tel.: (802) 388-0922
Fax: (822) 388-1027

Über den Künstler

Rod Cameron wurde 1948 in Chicago geboren, hat aber die längste Zeit seines Lebens in Südkalifornien gelebt. Er studierte Malerei bei dem namhaften Illustrator Keith Ward und an der Otis/Parsons Schule für Design in Los Angeles. Rod Cameron hat über 20 Jahre als Zeichner und Illustrator gearbeitet. Seine Arbeiten wurden auf den größeren Fernsehkanälen gezeigt; man hat ihn mit 17 Preisen für hervorragende Illustrationen ausgezeichnet.

Japanische Fachausdrücke

dan	wörtlich: ‹Rang, Stufe› – Bezeichnung für die (10) Meistergrade in den japanischen Kampfkünsten; berechtigt zum Tragen des Schwarzgurts
gi	Kleidung, Anzug in den Kampfkünsten (*karate-gi* = Karateanzug)
karate-do	Weg (Methode) des *karate* (*do* = Weg, Lehre, Methode)
kata	‹Form›, d. h. festgelegte Abfolge von Techniken (wie eine ‹Pflichtübung› im Kunstturnen)
kiai	Kampfschrei (aus dem Bauch; *ki* = Energie und *ai* = vereinigen)
kyu	wörtlich: ‹Rang, Grad› – Bezeichnung für die Schülergrade in den japanischen Kampfkünsten, mit verschiedenen Gürtelfarben von weiß bis braun (je nach Grad und Kampfkunststil)
sensei	(Anrede für) Meister, Lehrer [Aussprache «ssenssee-i»]

Das wahre Wesen und die geistige Essenz der Kampfkünste als Weg zum Frieden

Terrence Webster-Doyle

IM ZENTRUM DES WIRBELSTURMS

Erzählungen der Meister der Leeren Hand

Großformat, mit ganzseitigen farbigen Illustrationen
128 Seiten, broschiert, fadengeheftet
ISBN 3-7157-0176-5

Die «Erzählungen der Meister der Leeren Hand» enthalten eindringliche Lehrgeschichten, die jungen Schülern der verschiedenen Kampfkunstarten das wahre Wesen und die geistige Essenz ihres Trainings vermitteln. Sie führen zurück auf die ursprüngliche Bedeutung der Kampfkünste als Weg zum Frieden – mit der Welt und mit sich selbst. Sie schenken ein vertieftes Einfühlungsvermögen in Konfliktsituationen und leiten zu weiserem Handeln an.

In Form von zwanzig Kurzgeschichten und Gleichnissen gelingt es dem Autor auf lebendige Art, sein junges Publikum zum Hinschauen, Fragen und Nachdenken anzuregen und kreative und friedliche Mittel zur Bewältigung von Gewalt und Konflikten aufzuzeigen. Die Kampfkünste erweisen sich hier als eine ausgezeichnete Lebens- und Friedensschule, in der zwischenmenschliche Probleme in ritualisierter und disziplinierter Form ausgetragen werden. Dadurch erarbeiten sich die Übenden die nötigen Fähigkeiten, um in einer immer aggressiveren Welt besser mit bedrohlichen Situationen umgehen zu können.

Als echter Meister einer fernöstlichen Kampfkunst verhilft der Autor zu einer klareren Sicht der gemeinsamen Wurzel aller Konflikte und zu einem tieferen Verständnis der Kampfkünste. Dies tut er mit einer trefflichen Auswahl von tiefsinnigen Geschichten von großen Meistern des Zen und mit Sprüchen, Versen und Rätseln aus der praktischen Weisheitsliteratur des Ostens.

Dem Illustrator Rod Cameron ist es gelungen, Stimmung und Geist jeder einzelnen Erzählung in einem Bild einzufangen, das mit seiner Schönheit und Lebendigkeit besonders junge Menschen anspricht.